# Los abismos

Los ahisnog

# Pilar Quintana

## Los abismos

Premio
ALFAGUARA

de novela
2021

Título original: *Los abismos*
Primera edición: mayo de 2021

© 2021, Pilar Quintana
c/o Massie & McQuilkin Literary Agents
© 2021, Penguin Random House Grupo Editorial, S.A.S.
Carrera 7 Nº 75-51, piso 7, Bogotá D. C., Colombia
© 2021, Penguin Random House Grupo Editorial, S. A. U.
Travessera de Gràcia, 47-49. 08021 Barcelona
© 2023, Penguin Random House Grupo Editorial USA, LLC.
8950 SW 74th Court, Suite 2010
Miami, FL 33156

© Diseño: Penguin Random House Grupo Editorial, inspirado en un diseño original de Enric Satué

Impreso en Colombia - *Printed in Colombia*

ISBN: 978-1-64473-390-5

23 24 256 26 27    10 9 8 7 6 5 4 3

*Para mis hermanas.*

*Mi alma se precipita por un abismo negro y repugnante que me penetra viscoso por la boca, por los oídos, por la nariz.*

Fernando Iwasaki,
«El extraño»

# Primera parte

En el apartamento había tantas plantas que le decíamos la selva.

El edificio parecía salido de una vieja película futurista. Formas planas, volados, mucho gris, grandes espacios abiertos, ventanales. El apartamento era dúplex y el ventanal de la sala se alzaba desde el suelo hasta el cielorraso, que allí era del alto de las dos plantas. Abajo tenía piso de granito negro con vetas blancas. Arriba, de granito blanco con vetas negras. La escalera era de tubos de acero negro y gradas de tablas pulidas. Una escalera desnuda, llena de huecos. Arriba el corredor era abierto a la sala, como un balcón, con barandas de tubos iguales a los de la escalera. Desde allí se contemplaba la selva, abajo, esparcida por todas partes.

Había plantas en el suelo, en las mesas, encima del equipo de sonido y el bifé, entre los muebles, en plataformas de hierro forjado, y materas de barro, colgadas de las paredes y el techo, en las primeras gradas y en los sitios que no se alcanzaban a ver desde el segundo piso: la cocina, el patio de ropas y el baño de las visitas. Había de todos los tipos. De sol, de sombra y de agua. Unas pocas, los anturios rojos y las garzas blancas, tenían flores. Las demás eran verdes. Helechos lisos y rizados, matas con hojas rayadas, manchadas, coloridas, palmeras, arbustos, árboles enormes que se daban bien en materas y delicadas hierbas que cabían en mi mano de niña.

A veces, al caminar por el apartamento, me daba la impresión de que las plantas se estiraban para tocarme con sus hojas como dedos, y que a las más grandes, en un bosque detrás del sofá de tres puestos, les gustaba envolver a las personas que allí se sentaban o asustarlas con un roce.

En la calle había dos guayacanes que cubrían la vista del balcón y la sala. En las temporadas de lluvia perdían las hojas y se cargaban de flores rosadas. Los pájaros saltaban de los guayacanes al balcón. Los picaflores y los siriríes, los más atrevidos, se asomaban a curiosear al comedor. Las mariposas iban sin miedo del comedor a la sala. A veces, por la noche, se metía un murciélago que volaba bajo y como si no supiera para dónde. Mi mamá y yo gritábamos. Mi papá agarraba una escoba y se quedaba en la mitad de la selva, quieto, hasta que el murciélago salía por donde había entrado.

Por las tardes un viento fresco bajaba de las montañas y atravesaba Cali. Despertaba a los guayacanes, entraba por las ventanas abiertas y sacudía también las plantas de adentro. El alboroto que se armaba era igual al de la gente en un concierto. Al atardecer mi mamá las regaba. El agua llenaba las materas, se filtraba por la tierra, salía por los huecos y caía en los platos de barro con el sonido de un riachuelo.

Me encantaba correr por la selva, que las plantas me acariciaran, quedarme en el medio, cerrar los ojos y escucharlas. El hilo del agua, los susurros del aire, las ramas nerviosas y agitadas. Me encantaba subir corriendo la escalera y mirarla desde el segundo piso, lo mismo que desde el borde de un precipicio, las gradas como si fueran el barranco fracturado. Nuestra selva, rica y salvaje, allá abajo.


Mi mamá siempre estaba en la casa. Ella no quería ser como mi abuela. Me lo dijo toda la vida.

Mi abuela dormía hasta la media mañana y mi mamá se iba al colegio sin verla. Por las tardes jugaba lulo con las amigas y cuando mi mamá volvía del colegio, de cinco días no estaba cuatro. El día que estaba era porque le correspondía atender el juego en la casa. Ocho señoras en la mesa del comedor fumando, riendo, tirando las cartas y comiendo pandebonos. Mi abuela ni miraba a mi mamá.

Una vez, en el club, ella oyó cuando una señora le preguntó a mi abuela por qué no había tenido más hijos.

—Ay, mija —dijo mi abuela—, si hubiera podido evitarlo, tampoco habría tenido a esta.

Las dos señoras soltaron la carcajada. Mi mamá acababa de salir de la piscina y chorreaba agua. Sintió, me dijo, que le abrían el pecho para meterle una mano y arrancarle el corazón.

Mi abuelo llegaba del trabajo al final de la tarde. Abrazaba a mi mamá, le hacía cosquillas, le preguntaba por su día. Por lo demás, ella creció al cuidado de las empleadas que se sucedían en el tiempo, pues a mi abuela no le gustaba ninguna.


En nuestra casa las empleadas tampoco duraban.

Yesenia venía de la selva amazónica. Tenía diecinueve años, el pelo liso hasta la cintura y los rasgos bruscos de las estatuas de piedra de San Agustín. Nos entendimos desde el primer día.

Mi colegio quedaba a unas pocas cuadras de nuestro edificio. Yesenia me llevaba caminando por las mañanas y por las tardes me esperaba a la salida. Por el camino me hablaba de su tierra. Las frutas, los animales, los ríos más anchos que cualquier avenida.

—Ese —decía señalando al río Cali— no es un río, sino una quebrada.

Una tarde llegamos directo a su cuarto. Un cuartico con baño y un ventanuco junto a la cocina. Nos sentamos en la cama, una frente a la otra. Habíamos descubierto que no conocía las canciones ni los juegos de manos. Le estaba enseñando mi favorito, el de las muñecas de París. En cada paso se equivocaba y nos reventábamos de la risa. Mi mamá apareció en la puerta.

—Claudia, hacé el favor de subir.

Estaba serísima.

—¿Qué pasó?

—Que subás, dije.

—Estamos jugando.

—No me hagás repetir.

Miré a Yesenia. Ella, con los ojos, me dijo que obedeciera. Me paré y salí. Mi mamá agarró mi maleta del suelo. Subimos, entramos a mi cuarto y cerró la puerta.

—Nunca más te quiero ver en confianzas con ella.

—¿Con Yesenia?

—Con ninguna empleada.

—¿Por qué?

—Porque es la empleada, niña.

—¿Y eso qué?

—Que uno se encariña con ellas y luego ellas se van.

—Yesenia no tiene a nadie en Cali. Se puede quedar con nosotros para siempre.

—Ay, Claudia, no seás tan ingenua.

A los pocos días Yesenia se fue sin despedirse, mientras yo estaba en el colegio.

Mi mamá me dijo que la habían llamado de Leticia y tuvo que volver con su familia. Yo sospechaba que esa no era la verdad, pero mamá se ranchó en su versión.

A continuación llegó Lucila, una señora mayor del Cauca que no se metía conmigo para nada y fue la empleada que más tiempo estuvo con nosotros.

Mi mamá hacía sus trabajos de ama de casa por las mañanas, cuando yo estaba en el colegio. Las compras, las diligencias, los pagos. Al mediodía recogía a mi papá en el supermercado y almorzaban juntos en la casa. Por la tarde él se llevaba el carro al trabajo y ella se quedaba en la casa a esperarme.

Al regresar del colegio la encontraba en la cama con una revista. Le gustaban las *¡Hola!*, las *Vanidades* y las *Cosmopolitan*. En ellas leía sobre la vida de las mujeres famosas. Los artículos traían grandes fotos a color con las casas, los yates y las fiestas. Yo almorzaba y ella pasaba las páginas. Yo hacía las tareas y ella pasaba las páginas. A las cuatro empezaba la programación en el único canal de TV y, mientras yo veía *Plaza Sésamo*, ella pasaba las páginas.

Una vez mi mamá me contó que poco antes de terminar el bachillerato esperó a que mi abuelo llegara del trabajo para decirle que quería estudiar en la universidad. Estaban en el cuarto de mis abuelos. Él se quitó la guayabera, la dejó caer al piso y quedó en camisilla. Grande, peludo, con la barriga redonda y templada. Un oso. Entonces la miró con unos ojos raros que ella no le conocía.

—Derecho —todavía se atrevió a decir mi mamá.

A mi abuelo se le brotaron las venas de la garganta y con su voz más gruesa le dijo que lo que hacían las señoritas decentes era casarse y que cuál universidad ni Derecho ni qué ocho cuartos. La voz terrible retumbando como por un megáfono, casi la oí, mientras mi mamá, chiquitica, retrocedía.

Menos de un mes después a él le dio un infarto y se murió.


En el estudio teníamos una pared con retratos familiares.

El de mis abuelos maternos era una foto en blanco y negro, con marco de plata. Fue tomada en el club, en la última fiesta de fin de año que pasaron juntos. Alrededor caían serpentinas y la gente llevaba sombreros de papel y cornetas. Mis abuelos estaban separándose del abrazo. Se reían. Él, gigantesco, de esmoquin, con gafas bifocales y un trago en la mano. Los pelos no se le alcanzaban a ver, pero yo sabía, por otras fotos y por mi mamá, que le brotaban por todos lados. Las mangas de la camisa, la espalda, la nariz y hasta las orejas. Mi abuela tenía un vestido elegante de espalda descubierta, una pitillera entre los dedos y el pelo corto abombado. Era larga y flaca, una lombriz erguida. Al lado de él se veía diminuta.

La Bella y la Bestia, siempre pensé, aunque mi mamá defendía a su papá diciendo que él no era ninguna bestia, sino un oso de peluche que solo se puso bravo aquella vez.

Mi abuelo trabajó toda la vida en el departamento comercial de una fábrica de electrodomésticos. Tenía grandes clientes, un buen salario y comisiones por cada venta. Tras su muerte ya no hubo comisiones y la pensión que le quedó a mi abuela era una fracción del salario.

Mi abuela y mi mamá tuvieron que vender el carro, la acción del club y la casa de San Fernando. Se mudaron a un apartamento de alquiler en el centro. Despidieron a las empleadas del servicio y contrataron una por días. Dejaron de ir a la peluquería y aprendieron a hacerse ellas mismas las uñas y los peinados. El de mi abuela era un enredijo que elaboraba con la peineta y medio tarro de laca hasta que el pelo le quedaba inflado en lo alto. Abandonó el juego de lulo, pues era costoso atender a ocho señoras cuando le tocaba el turno en su casa, y se dedicó a la canasta, que se jugaba con cuatro.

Mi mamá, recién graduada del colegio, se hizo voluntaria en el hospital San Juan de Dios, una actividad que mi abuelo hubiera aprobado.

El San Juan de Dios era un hospital de caridad. Yo nunca lo vi por dentro y lo imaginaba sucio y tenebroso, con las paredes manchadas de sangre y los enfermos moribundos quejándose en los pasillos. Un día que lo dije en voz alta, mi mamá se rio. En realidad, contó, era amplio y luminoso, con paredes blancas y jardines interiores. Una construcción de mil setecientos bien cuidada por las monjas que lo administraban.

Allí conoció a mi papá.

El retrato de mis abuelos paternos tenía forma oval y marco de bronce calado. Ellos vivieron en una época anterior a la de mis abuelos maternos, que en mi mente infantil veía oscura, como los colores del retrato.

Era un óleo del día de su boda, copiado de una foto de estudio, con el fondo marrón y los detalles opacos. Lo único luminoso era la novia. Una niña de dieciséis años. Estaba sentada en una silla de madera. El vestido la cubría del cuello a los zapatos. Tenía mantilla, una sonrisa recatada y un rosario en las manos. Parecía que estuviera recibiendo la confirmación y que el novio fuera su papá. Él estaba de pie, con una mano sobre su hombro, como un viejo poste de madera. Un hombre seco, calvo, de traje gris y lentes gruesos.

Mi abuela, esa niña, no había cumplido los veinte cuando murió dando a luz a mi papá. Vivían en la finca cafetera de mi abuelo. Él se fue para Cali. Destruido por la pérdida, pensaba yo. Un hombre triste que no podía hacerse cargo de nadie. El recién nacido y su hermana, mi tía Amelia, que tenía dos años, quedaron en la finca al cuidado de una hermana de la fallecida.

Mi tía Amelia y mi papá se criaron en la finca. Llegada la hora, su tía los matriculó en la escuela de la vereda con los hijos de los campesinos y los trabajadores. En segundo de primaria, cuando los zapatos se les quedaron pequeños, la tía les cortó las puntas con un cuchillo y ellos se iban a estudiar con los dedos asomando por el agujero.

—¿Eran pobres?

La pregunta se la hice a mi tía, quien fue la que me contó la historia.

—Qué va. La finca era próspera.

—¿Por qué no les compraron zapatos nuevos?

—Quién sabe —dijo, hizo una pausa y al cabo añadió—: mi papá nunca nos visitaba.

—¿Estaría triste por la muerte de tu mamá?

—Seguro.

La tía de ellos enfermó. Los médicos no pudieron hacer nada y, cuando murió, los niños fueron enviados a Cali con su papá. Él vendió la finca cafetera y fundó el supermercado.

Mi tía y mi papá vivieron con mi abuelo hasta que se hicieron adultos. A él le dio enfisema, pues se fumaba dos cajetillas diarias, y murió mucho antes de mi tiempo. Entonces ellos heredaron el supermercado.


Mi tía Amelia se enteraba de los asuntos del supermercado, pero no iba a trabajar. Se la pasaba en su apartamento, en batola, fumando y, por las tardes, con una copa de vino. Tenía batolas de todos los estilos y colores. Mexicanas, guajiras, indias, con teñidos hippies y bordados de Cartago.

Cada vez que se acercaba su cumpleaños o la Navidad, mi mamá se quejaba porque no sabía qué regalarle. Al final le compraba una batola. Mi tía la recibía con una emoción que no parecía fingida diciendo que le encantaba, que de ese tipo no tenía o que justo de ese color le hacía falta.

Mi papá era el administrador del supermercado. Nunca tomaba vacaciones. Descansaba cuando el supermercado cerraba, los domingos y los festivos. Llegaba de primero por las mañanas, salía de último y a veces le tocaba recibir pedidos atrasados en medio de la noche. Los sábados, después de cerrar, iba al hospital San Juan de Dios a donar un mercado para los enfermos.

Mi mamá estaba en la despensa, abriendo espacio para los nuevos alimentos, cuando mi papá llegó. Ella no se fijó en él. En cambio, él quedó tan impresionado que fue a preguntarle a la monja encargada quién era ella. Esa monja, contaba mi mamá, era ancha y bajita. El muñón de un árbol talado, la imaginaba yo, con el hábito marrón anchándose hacia abajo.

—La nueva voluntaria —le dijo a mi papá—. Se llama Claudia.

Él y la monja se quedaron mirando a mi mamá.

—Y está soltera —añadió.

Tal vez eso fue lo que le dio valentía. Mi papá esperó hasta que mi mamá terminó el turno. Se le acercó, se presentó y ofreció llevarla a su casa. Ella, que tenía diecinueve años, lo miró de arriba abajo y vio a un cuarentón.

—No, gracias —dijo.


Mi papá no se dio por vencido. Llegaba al hospital con bombones de chocolate, pistachos o alguna otra delicia comprada en La Cristalina, una tienda donde vendían productos importados. Mi mamá rechazaba los regalos.

—Jorge —le dijo un día—, ¿usted nunca se va a cansar?

—No.

Ella se rio.

—Le traje galletas danesas de mantequilla.

Venían en una lata grande y mi mamá no se pudo resistir. La agarró.

—¿Hoy sí la puedo llevar a su casa?

Esta vez ella no fue capaz de decirle que no.


A mi abuela le encantó ese hombre caballeroso que tenía un buen patrimonio y practicaba la caridad cristiana donando mercados al hospital.

—Es un viejo —le hizo ver mi mamá.

—¿No es que te gustaban mayores?

Era verdad. Mi mamá no soportaba a los muchachos de su edad, según ella, unos estúpidos que se la pasaban haciendo cabriolas en la piscina del club.

—Tampoco tan mayores —aclaró.

Mi abuela puso los ojos en blanco:

—A vos nadie te entiende, Claudia.


El lunes, cuando llegó del hospital, mi mamá encontró en su casa a las señoras del juego de canasta. Las envolvía una nube de humo de cigarrillo y estaban comiéndose las galletas danesas de mantequilla. Cuatro amas de casa con peinados grandes como globos de fiesta y largas uñas pintadas que les servían para barajar y arrastrar las cartas sobre la mesa.

Hacía un calor horrible, contaba mi mamá. Un calor horrible de esos en Cali, pensaba yo, que era como si nos aplastara. Las señoras le mostraron una silla y ella se sentó. Aída de Solanilla tomó una galleta y la saboreó.

—A los cuarenta —habló después de tragar— un hombre no está viejo sino en la flor de la vida.

—Me lleva veintiún años —dijo mi mamá.

Solita de Vélez, con las uñas moradas y un falso lunar pintado encima de la boca, aplastó su cigarrillo en el cenicero rebosante de colillas con huellas de pintalabios.

—Esa diferencia es una ventaja —dijo.

A ella, explicó, el marido le llevaba dieciocho años, a Lola de Aparicio veinte, a Miti de Villalobos, que no estaba presente, pero era una amiga de los tiempos del juego de lulo, veinticinco, y las tres podían decir que sus matrimonios eran todo lo bueno que llega a ser un matrimonio, mejores incluso que los de parejas de la misma edad, ambos jóvenes y por eso arrebatados.

Las señoras se giraron hacia mi mamá. Ella alegó que ese señor tenía gafas de culo de botella, era calvo, bajito y demasiado flaco.

—Jorge es muy bien puesto —la contradijo Aída de Solanilla—. Yo siempre lo veo en el supermercado. Usa ropa de marca y bien planchada.

Mi mamá no podía negarlo.

—Casi no habla —dijo.

—Ay, no, mijita —contestó Lola de Aparicio abriendo su abanico español—, una no puede ir por la vida buscándoles peros a todos los hombres que encuentra porque luego se queda sola.

Mi abuela y las demás señoras asintieron mientras miraban a mi mamá. El calor horrible, pude sentirlo, igual a una soga en su garganta.


En tiempos de mi mamá era costumbre que los padres de la novia corrieran con los gastos de la boda. Mi papá, para alivio y felicidad de mi abuela, no permitió que ella pusiera ni un peso y dejó que mi mamá la planeara según sus deseos.

Ella no quiso fiestas, nada más la ceremonia en la iglesia. Su vestido era blanco, aunque no necesariamente de novia, un vestido a la rodilla, sin velos ni adornos, y llevaba el pelo en una moña sencilla, con una peineta de florecitas. Mi papá iba de sacoleva, idéntico a su papá, solo que más calvo y más viejo.

La foto de mis papás en la pared del estudio era en blanco y negro, montada sobre un bastidor de madera. Estaban en el altar. El cura, la mesa y el cristo al fondo. Los novios, delante, cara a cara, en el intercambio de las argollas. Él sonreía radiante. Ella, porque tenía los ojos gachos, parecía triste, pero era que estaba concentrada en ponerle la argolla.

A los quince días mi abuela murió de un derrame cerebral.

Al principio los recién casados vivieron en un apartamento de alquiler. La casa de mi abuelo era demasiado grande para mi tía Amelia y la vendieron. Con el dinero compraron dos apartamentos. Uno pequeño para mi tía, a unas cuadras del supermercado, que quedaba al pie de la montaña, en la portada al mar, a la entrada de un barrio tradicional, con casonas viejas y edificios nuevos. El otro, para mis papás, muy cerca, en el barrio gemelo al otro lado del río.

Los anteriores dueños del apartamento de mis papás dejaron olvidada una planta en el balcón. Una cinta de hojas largas, con franjas blancas en los bordes. Tenía las puntas quemadas y los colores marchitos. Mi abuela había tenido una de esas en la casa de San Fernando, antes de que mi abuelo se muriera y ella y mi mamá tuvieran que cambiar de vida. Mi mamá, que aún estaba de duelo por la muerte de ellos, la adoptó.

Las puertas entre el comedor y el balcón eran plegables, de vidrio, con marcos de madera. Mi mamá puso la cinta adentro. Le daba agua, la trasplantó a una matera grande, le echó tierra nueva. Ella nunca se había encargado de un ser vivo y la emocionó que la planta reverdeciera.

Doña Imelda, la cajera del supermercado, al ver su alegría, le dio el piecito de una hoja rota. Mi mamá lo sembró en una matera de barro que puso en la mesa de centro. La hoja rota se desbordó hacia el suelo. Entonces mi papá le llevó un culantrillo y mi tía Amelia, por su cumpleaños, un árbol de sombrilla.

Poco a poco el apartamento se fue llenando de plantas hasta convertirse en la selva. Siempre pensé que la selva eran los muertos de mi mamá. Sus muertos renacidos.

Mi recuerdo más antiguo es en la escalera. Yo frente a una reja de seguridad a prueba de niños y la escalera larga y rota, un despeñadero imposible hacia el maravilloso mundo verde del primer piso.

Mi segundo recuerdo es en la cama de mis papás. Mi mamá y yo, ella con su revista y yo dando brincos.

—Mamamamamamamama.

De pronto el estallido:

—¡Carajo, niña! ¡¿No te podés estar quieta?!

O quizás este recuerdo sea anterior al de la escalera y si lo siento más nuevo es porque lo viví muchas veces. Mi mamá en la cama con su revista y yo alzándole la camisa para hacerle burbujas en la barriga.

—¡¿Tenés que estar encima de mí todo el tiempo?!

Yo dándole besitos en el brazo.

—¡Dejame en paz aunque sea un minuto, Claudia, por Dios!

Mirándola, mientras ella se peinaba en el tocador. Su pelo largo y liso de color chocolate, un pelo que daban ganas de acariciar.

—¿Por qué no te vas para tu cuarto?

Yo, una niña grande, subiéndome en su cama al terminar las tareas.

—Hola, mamá.

Ella levantándose con evidente molestia para dejarme con la revista abierta sobre la cama.


—¿Por qué no seguiste trabajando en el hospital? —le pregunté.

—Porque me casé.

—¿Y casada no pensaste ir a la universidad?

Iba a decir algo, pero se calló.

—¿Mi papá no te dejó?

—No es eso.

—¿Entonces?

—Ni siquiera le pregunté.

—¿Ya no querías?

—Me hubiera gustado, sí.

—¿Por qué no lo hiciste?

Cerró la revista. Era una *¡Hola!* En la portada, Carolina de Mónaco con un vestido strapless de fiesta y joyas reales de rubíes y diamantes.

—Porque naciste vos.

Se levantó y salió al corredor. La seguí.

—¿Por qué no tuviste más hijos?

—¿Otro embarazo? ¿Otro parto? ¿Un bebé llorando? Uy, no. A mí déjenme tranquila. Además, con vos ya se me dañó el cuerpo más que suficiente.

—¿Si hubieras podido evitarlo no me habrías tenido?

Se detuvo y me miró.

—Ay, Claudia, yo no soy como mi mamá.


Mi cumpleaños caía durante las vacaciones largas, el día de la Independencia, cuando había desfiles y la gente estaba fuera de la ciudad, en sus fincas o en la playa. No podíamos más que celebrarlo en familia y fuimos a un restaurante.

Mi mamá, igual que cada año, recordó el embarazo. Su gran barriga, los pies hinchados, que cada cinco minutos le daban ganas de ir al baño, no podía dormir y le costaba pararse de la cama. Los dolores le empezaron al almuerzo. Eran la cosa más horrible que hubiera sentido. Mi papá la llevó a la clínica y allí sufrió toda la tarde, toda la noche, toda la mañana del día siguiente, toda una nueva tarde, sintiendo que se iba a morir, y otra noche completa hasta la madrugada.

—Salió morada. Horrorosa. Me la pusieron en el pecho y yo, temblando y llorando, pensé: ¿mi esfuerzo fue para esto?

A mi mamá le salió una risa tan grande que se le vio el paladar, hondo y cruzado como el torso de una persona desnutrida.

—La bebé más fea de la clínica —dijo mi papá.

Él y mi tía Amelia también se reían mostrando la lengua, los dientes, la comida a medio masticar.

—La otra bebé que nació ese día sí era linda —dijo ella.


La última foto en la pared del estudio era del día de mi nacimiento. Un rectángulo como el de la foto de mis abuelos maternos, en blanco y negro, con marco de plata.

Mi mamá, en la cama de la clínica conmigo en brazos, no reflejaba ningún sufrimiento. Tenía el peinado a punto, los ojos delineados, los labios con brillo y una sonrisa. Mi tía y mi papá, de pie, a cada lado de la cama, también sonreían. Ella llevaba un vestido de arabescos de mangas campana y el pelo en hongo con una voluta a la altura del mentón. Él, las patillas largas y la calva un poco menos vacía. Yo era un bulto envuelto en cobijas. Una cosa chiquita de pelos negros y ojos hinchados.

—¿Todavía soy fea?

Estábamos en el estudio. Mi papá leía el periódico en su silla reclinable. Mi mamá podaba el bonsái, la única planta en el segundo piso.

—¿De qué estás hablando? —dijo ella, como si no supiera.

—Hoy se burlaron de lo fea que era cuando nací.

—Todos los recién nacidos son feos.

—Mi tía dijo que la otra bebé sí era linda.

Mi papá soltó la risa.

—No te riás —chillé, y a mi mamá—: ¿todavía soy fea?

Ella dejó las tijeras. Se acercó y se agachó para quedar a mi altura.

—Sos linda.

—Decime la verdad.

—Claudia, hay mujeres a las que el encanto no les sale sino de grandes, cuando se desarrollan. A tu edad yo también era chiquita, flaquita, morenita. ¿No me has visto en los álbumes?

Sí que la había visto, pero eso no me servía de nada porque lo único que ella y yo teníamos igual era el nombre. El resto lo saqué de mi papá. Todo el mundo lo decía, éramos idénticos.

—¿Acaso no conocés la historia del patito feo? —dijo, y fue peor.


El cumpleaños de mi papá, diez días después del mío, fue la última vez que estuvimos los cuatro solos, mi tía Amelia, mis papás y yo. Lo celebramos en nuestro apartamento. La selva decorada con serpentinas, un letrero grande hecho por mí y una torta de naranja preparada por mi tía. Mi mamá y yo le regalamos un radio nuevo para su oficina. Mi tía le pasó una caja envuelta en papel plateado de Zas, un almacén del centro comercial. Adentro venía una fina camisa italiana de color azul claro.

Al poco tiempo mi tía se fue de viaje a Europa. Asumimos que iba en un tour con dos viejas amigas del colegio, como cuando se fue a Suramérica o a las ruinas mayas. A mi mamá sí se le hizo raro que no quisiera que la lleváramos ni la fuéramos a buscar al aeropuerto, pero ni de lejos imaginó la verdadera razón.

A la vuelta del viaje mi tía llamó para invitar-
nos a comer al restaurante que yo quisiera. Elegí
El Búho de Humo porque me gustaban las pizzas
y las mesas con bancos largos iguales a los de las
películas gringas.

El local era oscuro. Por las ventanas entraba la
luz azul del letrero de neón. Mi tía estaba al fondo, con un hombre que no conocíamos. En cuanto nos vieron se levantaron. Era joven, musculo-
so, con cintura de torero, las nalgas forradas por
el pantalón y peinado de artista de la televisión.

—Les presento a Gonzalo, mi esposo.

Mis papás se quedaron como si les hubieran
dicho ¡estatua! Yo me emocioné por otro motivo.
En la mesa, sentada como una niña de verdad,
había una muñeca.

—¿Y esa muñeca?

Tenía el pelo largo de color chocolate, idéntico
al de mi mamá, un vestido de terciopelo verde, medias blancas dobladas al tobillo y zapaticos de charol.

—¿Para quién creés que es? —dijo mi tía.

—¿Para mí?

—Sí, señorita —confirmó Gonzalo—. La
compramos en Madrid. Como no nos cupo en la

maleta, de ahí en adelante la tuvimos que llevar en la mano.

—Como a una hija tullida —dijo mi tía riéndose—. En Londres casi la dejamos tirada en el aeropuerto.

La agarré. Tenía la nariz pequeñita, los labios recogidos en forma de pellizco, los ojos azules como dos planetas Tierra en miniatura, con párpados que abrían y cerraban y pestañas largas con pelos parecidos a los de verdad.

—No puedo creer que sea mía.

Abracé a la muñeca y a mi tía.

—Se llama Paulina. ¿Verdad que es linda?

—La muñeca más linda jamás.

Me senté con Paulina en las piernas. Los adultos seguían de pie. Mis papás todavía turulatos.

—¿Te casaste? —dijo mi mamá.

—En la notaría segunda un día antes del viaje.

—Pues… felicitaciones.

Mi mamá abrazó a mi tía y besó a Gonzalo. Seguía el turno de mi papá. Él, sin saber qué hacer, sonrió. Gonzalo estiró la mano. Mi papá se la apretó y luego besó a su hermana.

—Se lo tenían bien guardado —dijo mi mamá cuando se sentaron.

Mi tía y Gonzalo se rieron. Ella contó que lo conoció en Zas, el día que fue a comprarle el regalo de cumpleaños a mi papá.

—Me mostró las camisas y no pudimos parar de hablar.

—Por suerte —dijo él—, antes de irse me dejó su número en un papelito.

—¿El cumpleaños de hace dos meses? —dijo mi mamá.

—Sí —respondió Gonzalo—, todo fue muy rápido.

Mis papás se miraron. Mi tía encendió un cigarrillo y al chupar se le marcaron encima del labio unas arrugas como ríos de un mapa.


Salimos del Búho de Humo, yo feliz con Paulina. Mi tía Amelia y Gonzalo siguieron para el carro de ella, un Renault 6 que la gente decía que era azul y a mí se me hacía verde. Nosotros nos montamos en el nuestro, un Renault 12 amarillo mostaza.

Apenas cerramos las puertas, mi mamá, por lo bajo, con la voz que ponía cuando pensaba que era mejor que yo no escuchara, dijo:

—Podría haber seguido de novia, ¿no?

Mi papá prendió el carro.

—Estaba muy sola.

—Pero no tenía que casarse tan rápido.

Mi papá miró atrás. Yo estaba de espaldas a ellos, acuclillada en un morrito que el Renault 12 tenía en el suelo, con la muñeca de pie sobre el asiento trasero. Me hice la que jugaba y no podía darme cuenta de nada. Él volvió al frente:

—El tipo se aprovechó de su debilidad.

El carro empezó a andar.

—Ella fue la que le dejó el número, le pidió la mano y lo invitó al viaje. ¿Acaso no oíste?

—Es obvio que es un vividor, mija.

Mi papá nunca hablaba así, mal, de nadie.

—¿Por qué es obvio?

—Se le nota.

—¿En la cara? —dijo mi mamá.

—Amelia tiene cincuenta y uno y el tipo no llega a treinta.

—¿Y por eso es un vividor?

Llegamos a una calle principal y las luces de los carros que pasaban cruzaron la oscuridad en todas las direcciones.

—¿Creés que de verdad está enamorado de ella? —dijo él.

—No, y por eso no debió apresurarse. Pero tampoco creo que ella sea una pobre víctima ni que él la haya engañado o se esté aprovechando. Más bien que tienen un arreglo que les sirve a los dos.

—¿A los dos? ¿Viste quién pagó la cuenta?

Ahora fue mi mamá la que miró atrás. Yo, con una vocecita aguda, hice como que Paulina me hablaba y, con mi voz natural, que le respondía.

—¿Y quién querés que pague las cuentas? —dijo de vuelta a mi papá—. ¿Él con su sueldo de vendedor de Zas?

—A ese tipo hay que hacerle firmar un documento para que no pueda heredar ni quedarse con nada si se divorcian.

Se hizo un silencio filoso. Con cuidado me giré hacia adelante. Mi mamá miraba a mi papá como si no pudiera creer lo que había dicho. Él tenía las manos en el timón y estaba rígido.

—¿Qué? —dijo—, ¿está mal que quiera proteger a mi hermana y el patrimonio de la familia?

—Jorge, yo tengo veintiocho y vos cuarenta y nueve…

—Es distinto —dijo él.

Mi mamá, indignada, puso la vista al frente, y ya ninguno habló más.


El domingo fuimos de visita donde mi tía Amelia. Gonzalo nos abrió la puerta. Andaba en pantaloneta y camisilla, con el blower recién hecho y los músculos inflados. Ella estaba en su silla de mimbre, con un cigarrillo en una mano, una copa de vino en la otra y una batola blanca de mangas anchas que, cuando se levantó y abrió los brazos para saludarnos, se movieron como alas.

Una corriente entró por el balcón. Las cortinas se levantaron y la puerta del cuarto se azotó. Gonzalo la abrió, la trancó con una concha, y pudimos ver que ahora había dos camas.

—¿No pues que se habían casado? —pregunté.

—Están casados —dijo mi mamá apretando los dientes para que me callara.

—¿Entonces por qué duermen separados?

—No seás imprudente, Claudia.

Mi tía se rio:

—Porque no me gusta que me roben la cobija.

Dejó la copa en la mesa y me abrazó.


Otras novedades en su apartamento eran dos pesas cortas y una canasta con revistas junto al baño. En esa casa no había televisor, juguetes ni mascotas, y por lo tanto nada que hacer. Senté a Paulina en el suelo y me puse a hojear las revistas. Todas *Mecánica Popular*, aburridísimas. Los artículos eran de carros y máquinas. Había instrucciones para construir un avión en la casa y hacerle mantenimiento a la cortadora de césped.

Iba a dejarlas cuando di con una en cuya tapa aparecía una mujer desnuda. Estaba de espaldas, vuelta un poco hacia adelante. Tenía un gesto de picardía y un chal transparente que le cubría el torso, pero no las nalgas ni la teta. Era una *Playboy*.

María del Carmen, mi amiga del colegio, me había contado que su hermano tenía una *Playboy* escondida debajo del colchón y que ella la estuvo mirando. Yo nunca había tenido una tan cerca, menos en mis manos.

Mi papá y mi tía Amelia revisaban un libro de contabilidad en el comedor. Mi mamá y Gonzalo conversaban en la sala. Ella estaba de espaldas al baño. Únicamente él se había dado cuenta de lo que yo estaba haciendo. Dejó su copa de vino en la mesa, se inclinó hacia mi mamá y le habló. Ella se giró.

—Claudia, soltá eso y vení para acá.

—Es que…

—Es que nada —dijo con la voz que era obligatorio obedecer.

La siguiente vez que los visitamos me dediqué a vagar por el apartamento, en silencio y haciéndome la distraída, hasta que conseguí la *Playboy*. Me encerré con ella en el baño. No había pasado de los avisos de las primeras páginas y ya estaban tocando a la puerta.

—¿Qué estás haciendo, Claudia?

Era mi mamá.

—Nada.

—Abrí, por favor.

—Ya voy.

—Ahora mismo.

Me quitó la *Playboy*, la devolvió a la canasta y me llevó con ella a la sala.

En la tercera visita esperé a que ellos se distrajeran para sentarme en el piso junto a la canasta y esculcar entre las *Mecánica Popular* hasta que ubiqué la *Playboy*. Mi papá y mi tía Amelia hablaban en la sala. Mi mamá y Gonzalo servían el vino en la cocina. Saqué la *Playboy* y la abrí. Por fin conseguí ver las fotos de las mujeres desnudas y leer los resaltados. *Hay mujeres que son animales sexuales.*

Desde donde estaban mi papá y mi tía no se veía la cocina. Desde donde yo estaba sí. Gonzalo y mi mamá hablaban, se reían, brindaron y por un momento se miraron en silencio. Él, que estaba de cara a la puerta, me vio y le dijo algo a mi mamá. Ella salió de la cocina, con su copa de vino en la mano, haciéndose la brava cuando no podía estar más feliz.

—¿Qué estás haciendo, Claudia?


—Gonzalo me contó que en su gimnasio dan clases de aeróbicos —dijo mi mamá.

Íbamos en el carro. Ella en el puesto del copiloto y mi papá al volante.

—La profesora es francesa. Dicen que buenísima.

Yo estaba atrás, con Paulina al lado.

—Hay una clase los sábados por la mañana.

No había gente ni otros carros en la avenida poblada de samanes y ceibas. El río, aparte de nosotros, era lo único que se movía.

—Es para señoras, van de mi edad y mayores.

Como mi papá no decía nada, mi mamá se calló.

Cali, partida por un río con curvas y piedras, las calles muertas, los edificios de poca altura entre árboles que los sobrepasaban, parecía una ciudad perdida.

—¿Quieren un helado de palito? —dijo mi papá.

—¡Sí! —me emocioné.

Mi mamá no contestó.

—¿No querés? —preguntó él.

Ella hizo una mueca que quería decir que le daba igual. Él trató de antojarla:

—Un heladito de mora.

Mi mamá se quedó muda y tiesa como otra Paulina. Seguimos en silencio. A cada rato él la miraba.

—¿Te gustaría ir a la clase de aeróbicos? —dijo por fin.

Ella lo miró.

—Pues sí me da curiosidad, pero no quiero dejar a Claudia con la empleada.

Él le dio unas palmaditas en el muslo.

—Tranquila, mija. Yo me la puedo llevar para el supermercado.


El sábado por la mañana mi mamá nos dejó en el supermercado y siguió en el carro para el gimnasio. Mi papá se metió en su oficina. Yo me dediqué a vagar por los pasillos, aburrida, pasando un dedo por los abarrotes, hasta que llegué al estante de las gelatinas en polvo. No me pude resistir y abrí una de uva.

Me estaba lamiendo los restos morados de la palma de la mano cuando doña Imelda la cajera me descubrió.

—Yo sí decía que este silencio no era normal.

Doña Imelda tenía arrugas de elefante en la cara, el pelo renegrido y los brazos anchos. De lejos, con el uniforme verde claro, era una pura enfermera de película de miedo.

—¿Mi niña quiere que le ponga un oficio?

De cerca era suave y amorosa.

—Por favor —dije.

—¿Será que es capaz de limpiar esas latas?

El estante estaba colmado de la primera fila a la última. Doña Imelda me dio un trapo y una escalera en triángulo para que alcanzara las de arriba y se fue a la caja. El trabajo me tomó bastante tiempo y quedaron limpiecitas, pero torcidas. Doña Imelda me mostró cómo alinearlas y ahora sí las dejé perfectas. Luego me puso a surtir unas pacas de papel higiénico. Cuando terminé, el supermercado ya había cerrado por la hora del almuerzo.

Mi papá y doña Imelda se pusieron a hablar de unos pedidos que tenían que hacer. Salimos con el bodeguero por la puerta de atrás. Ellos tomaron hacia su barrio de casas de ladrillo pelado y techo de lata en la ladera de la montaña.

—¿Mi mamá no viene por nosotros?

—Llamó para decir que iba a la sauna y se demoraba, que mejor nos fuéramos caminando y pidiéramos un pollo. Lucila salió temprano.

Mi papá me agarró la mano. Pasamos la calle. Avanzamos por la cuadra de la droguería y el banco. Saludamos de lejos al lotero de la esquina, que

44

atendía a un cliente. Llegamos al cruce que desembocaba en el puente sobre el río. Estábamos en medio de esa calle cuando mi papá se fue hacia un carro detenido en la señal de pare y casi metió la cabeza por la ventanilla para saludar:

—Hooola.

Yo, que iba distraída y no me había dado cuenta de que era nuestro Renault 12, con mi mamá adentro, me sobresalté igual que ella.

—¡Ay, Jorge, me asustaste!

Dimos la vuelta y nos montamos.

—Estás muy linda —dijo él.

Los muebles del carro eran de cuero negro y ardían como las piedras de un río por el sol del mediodía, pero mi mamá se veía fresca, con su enterizo rojo de gimnasia ceñido al cuerpo y el pelo mojado.

—Me duché —explicó.

—¿Qué hacés acá?

Para ir a la casa no tendría que haber entrado al barrio del supermercado.

—A la salida me encontré con Gonzalo y vine a traerlo.

—Ya.

—No paré por ustedes porque vi las puertas cerradas y pensé que ya habían salido.

—Nos demoramos organizando los pedidos.

Mi mamá puso la mano en la palanca de cambios y arrancó. Mi papá, que no dejaba de mirarla, le acarició el brazo.

—De verdad muy linda.

Si le rogaba lo suficiente y andaba de buenas, mi mamá me dejaba utilizar su tocador.

—No me vayás a dañar nada, tocaya.

Era un mueble antiguo, que heredó de mi abuela, con un espejo redondo y múltiples cajones con cepillos, brochas, frascos, tarros, cajitas de polvos y otros potes. Me estaba pintando los labios con el colorete rojo cuando ella, en la cama, empezó a quejarse. Había dejado la revista y trataba de levantarse.

—Ayayay.

Por culpa de los aeróbicos, todo le dolía. Terminé con el colorete, agarré las sombras verdes y empecé a ponérmelas. La vi pasar en el espejo, lenta y tiesa, como si fuera de metal, hasta que se metió en el baño. Me contemplé por un ángulo y por el otro. Cogí una brocha y me eché rubor en los cachetes. El teléfono sonó. Fui a contestar.

—Yo contestooo —gritó ella desde el baño.

Volvió a sonar, yo ya estaba al pie de la mesa de noche, y lo agarré.

—¿Aló?

Se escuchaba la respiración al otro lado de la línea.

—Aló —dije.

La puerta del baño se abrió.

—Aló, aló.

Mi mamá se acercó lo más rápido que pudo y me arrebató el auricular.

—¿Aló?

Habían colgado. Molesta, dejó la bocina y se quedó mirándome. La furia del mundo concentrada en su nariz, que se abría y se cerraba.

—Mirate esa cara —dijo—. Parecés un payaso.


Como se mantenía en la cama, junto a su mesa de noche, mi mamá era la que más veces contestaba. Yo adivinaba quién había llamado por su forma de hablar. La voz para mi tía Amelia era similar a la que usaba con Gloria Inés. Con las dos podía conversar largo. La diferencia era que con Gloria Inés se reía más. Ella era hija de una prima segunda de mi abuela. La última pariente que le quedaba a mi mamá. A doña Imelda la trataba de usted y con ella hablaba de plantas. Con mi papá era puntual, lo mismo que con el asesor del banco o la administradora del edificio, solo que más familiar.

Abajo, en la mesa pequeña de la sala, teníamos otro teléfono. A veces pasaba que Lucila o yo contestábamos antes que ella.

—¿Aló?

Se hizo habitual que al otro lado de la línea no hablaran.

—Aló, aló.

Colgaban.

También podía pasar que yo estuviera en el primer piso, corriendo por la selva, y mi mamá en su cuarto, o al contrario, ella regando las plantas, yo hojeando una de sus revistas, y que agarráramos los teléfonos al tiempo.

—¿Aló?

Silencio. Mi mamá me pedía que colgara y cuando lo hacía a ella sí le hablaban. Con el mudo mi mamá cuchicheaba y ponía una voz suave.

Los miércoles por la tarde era mi clase de arte. Llegaba del colegio, almorzaba y mi mamá me llevaba a la academia en el carro. Quedaba en el barrio Granada, en una vieja casa con columnas, pisos de mosaico y patios interiores. Mi mamá se iba y yo entraba a mi clase, que duraba una hora y media. Al cabo, ella volvía por mí. Pasábamos por el supermercado. Comprábamos leche, huevos, pan, o lo que hiciera falta, pagando como cualquier cliente, y mi papá nos llevaba al apartamento para quedarse con el carro hasta la hora de cierre.

Alguna otra tarde, los viernes o cuando no tenía colegio al día siguiente, mi mamá y yo íbamos al centro comercial, una serie de almacenes alrededor de Sears, en las calles de un barrio que había sido residencial. Comprábamos sus revistas en la Librería Nacional. Mirábamos las vitrinas de los almacenes. El viento de la tarde nos despeinaba y a las mujeres que usaban faldas se las levantaba. Comíamos chontaduro, mango biche, grosellas, raspado, pastelitos de queso en el Rincón de la Abuela o helado de máquina en Dari, que tenía mesas afuera. Nos sentábamos y, mientras yo lamía mi helado, ella movía la pierna con impaciencia.

Diagonal, al otro lado de la avenida, estaba Zas. No pasaba mucho tiempo y Gonzalo venía hacia nosotras. Si no lo hacía, luego de que yo terminaba el helado, mi mamá me agarraba de la mano y cruzábamos, evadiendo los carros del mismo modo que la ranita del Atari.

La vitrina de Zas era del largo de la fachada, con maniquíes bien vestidos, de pelo y bigotes duros. Desde adentro, Gonzalo sonreía, terminaba de atender al cliente y salía. A veces entrábamos. Él a duras penas se daba cuenta de mi presencia y me saludaba.

—Señorita.

Únicamente le importaba mi mamá. Le hablaba tan cerca que yo no alcanzaba a escuchar y si se fijaba en mí era para cuidar que no estuviera tocando nada.

Los cambiadores quedaban al fondo, más allá de la sección de zapatos. Los trajes completos, a un lado. En el centro había un aparador de vidrio, con la caja registradora y los accesorios, las mancuernas, las billeteras, los llaveros, esas cosas. Delante de la caja registradora estaban las camisas y los pantalones sueltos, los cinturones y las corbatas.

Los exhibidores de esta sección estaban fijos en el suelo. Unos armazones metálicos. Me gustaban los de las corbatas, que colgaban rectas hacia el suelo y daban la vuelta hasta completar un círculo. Había corbatas de múltiples colores y motivos. Naranjas, grises, azules, rosadas, lisas, rayadas, con pepas o figuras raras. Parecía la cortina de un circo.

Mientras mi mamá y Gonzalo hablaban, a mí me entraban ganas de descorrerla para descubrir lo que había detrás. Mundos maravillosos: una feria con algodones de azúcar, el bosque encantado de los gnomos, la tierra al final del arcoíris. Gonzalo no se descuidaba un segundo. Era verme la intención en los dedos y codeaba a mi mamá.

—Ni se te ocurra tocar esas corbatas, niña —advertía ella.


En el centro comercial había un almacén llamado Género. Era de telas y aburrido la mayor parte del tiempo. Pero en octubre ofrecía disfraces para Halloween y en diciembre decoraciones navideñas y otras maravillas importadas.

Aquel año trajeron tenis Adidas de última moda. En la vitrina exhibieron unos peludos, de color azul con las rayas amarillas. Entramos. Me calzaron perfecto. Mi mamá miró el precio en la etiqueta y se escandalizó.

—Qué robo.

—Es que están muy lindos.

—Muy lindos, pero ni porque las rayas tuvieran baño de oro…

—Por favor.

—No.

—Te lo suplico.

—Quitátelos.

—Es que los necesito.

—Ya mismo, Claudia.

Lo hice a regañadientes.

—¿Y si me los das de Navidad?

—No.

Me los arrebató de las manos y los puso de vuelta en la vitrina.

—No seás malita.

—Ponete tus zapatos.

—Me los regalás de Navidad y no me das nada nunca más, ni de primera comunión, ni cuando gane todas las materias y pase a cuarto, ni de cumpleaños.

Es la segunda vez que te lo digo, ponete tus zapatos.

Los agarré.

—Mirá lo viejos que están. Ya se van a romper.

—Claudia…

Era la voz de que se estaba poniendo brava. Mejor obedecí. Me puse mis zapatos y salimos de Género. Los Adidas eran lo más vistoso de la vitrina.

—Miralos. Son los tenis más lindos del universo y nadie más en Cali los tiene.

—Ya estuvo bien.

—No voy a poder vivir sin ellos.

—Me vas a enloquecer, niña.

—Por favorcito.

Frenó.

—Te lo advierto, Claudia. Seguís con esto y no solo no vas a tener esos tenis sino ningún otro regalo.

—Es que…

—Ni de Navidad ni de primera comunión ni cuando pasés a cuarto ni de cumpleaños. ¿Entendiste?

Habíamos escalado al punto en que de verdad tenía que cerrar la boca. Dije que sí con la cabeza y seguimos caminando.

Desde el mediodía había hecho tanto calor que la ciudad parecía derretirse. Mi mamá tenía unas goticas de sudor en el bigote y yo las patillas empapadas. De pronto un papel se elevó del suelo. Las ramas de los árboles se agitaron y por un instante todo lo demás se paralizó. Los carros, la gente, los ruidos. En Cali no quedó más que el soplo de la brisa.

Llegamos a Dari. Con resignación, aceptando que no tendría los Adidas, pedí lo de siempre. Un cono de vainilla. Salimos, yo con mi helado en la mano. El viento, ya enloquecido, nos levantó los pelos. No nos habíamos sentado y Gonzalo, a trote, cruzaba la avenida. A mi mamá se le suavizó la mirada. Se agarró el pelo con la mano y se estuvo así hasta que él llegó y quedaron cara a cara.

Él y yo ni nos saludamos. Me senté. Los ignoré. Me dediqué a lamer mi helado, una operación delicada, pues el viento lo derretía y mi pelo se incrustaba en la crema. Seguí con la galleta. Me la devoré despacio y, al quedarme sin nada, le agarré la mano a mi mamá.

—¿Vamos?

Ella me miró. No quedaban rastros de la señora brava. Hicimos el camino de vuelta por el centro comercial. Pensé que íbamos hacia el carro. Cuando me di cuenta estábamos frente a Género.

—¿Me los vas a comprar?

No podía creerlo.

—Te los voy a comprar —dijo— como parte de los regalos de Navidad.


El árbol de Navidad de Zas era gigantesco. En la punta tenía una estrella dorada. En el cuerpo bolas rojas y plateadas en las que me reflejaba deforme, con ojos oscuros de extraterrestre, nariz de breva, una cabezota desproporcionada y un cuerpo raquítico. Quise mostrarle a mi mamá. Ni ella ni Gonzalo estaban cerca. Busqué alrededor. Los encontré al fondo, metiéndose en un cambiador.

Deambulé por el almacén sin saber qué hacer. Un vendedor le mostraba trajes a un cliente. Otro brillaba los zapatos de la exhibición. El cajero, detrás del aparador de vidrio, hablaba por teléfono. Por debajo de la puerta del cambiador los zapatos de Gonzalo y mi mamá, mocasines cafés contra tacones rojos, se entrelazaban.

Me encontré frente a un exhibidor de corbatas. La cortina de circo. Los mundos maravillosos. Una feria, un bosque encantado, una tierra mágica. El cliente, los vendedores y el cajero seguían en lo suyo. Mi mamá y Gonzalo en el cambiador. Me pude haber ido a la calle, me pude haber perdido en la ciudad, me pudo haber llevado un ladrón de niños o un loco con un costal.

Mi mano estaba sucia de helado. Los dedos negros y pegajosos. Me busqué en la pared de espejo. Tenía la camiseta chorreada, la cara mugrosa, los moños torcidos y el pelo enredado. Un espantapájaros. Chiquita, flaquita, morenita, según mi mamá decía que fue ella de niña, pero igualita a mi papá. Una niña fea.

Volví a la cortina de los mundos maravillosos. Pasito, pasé la mano sobre las corbatas. Se despelucaron. Metí las manos. Separé las corbatas y la cortina se abrió. Fue decepcionante descubrir que no había algodones de azúcar, gnomos ni arcoíris. Solo un armazón de aluminio.

En venganza entré en un exhibidor de camisas. Toda yo, como por entre un mar de algas. Y ojalá se mancharan. Luego en uno de pantalones, que era un bosque tenebroso y áspero. Y no me importaba si se dañaban. Salí. El cajero colgó la llamada. El vendedor seguía con el cliente de los trajes. El otro vendedor con los zapatos. Mi mamá y Gonzalo en el cambiador.

Caminé hacia el cambiador. Me paré de cara a la puerta. Mocasines cafés contra tacones rojos. El cajero llegó a mi lado, sonrió y me mostró su mano cerrada. La abrió. En la palma tenía unos dulces rojos de los que ofrecían a los clientes.


—¿Hace cuánto no salimos de vacaciones? —dijo mi mamá.

Mi papá hizo cara de que no sabía.

—Miles de millones de años —dije yo.

—Amelia me lo hizo notar. Qué bueno sería irnos con ellos para La Bocana.

—¡Yo quiero ir a La Bocana!

—No podemos —dijo mi papá.

—Por el supermercado —dijo mi mamá—. Es la misma historia siempre. Trabajo, trabajo, trabajo.

—Así es la vida. ¿Qué puedo hacer?

—Amelia está de acuerdo con cerrar. Serían cinco días.

—No.

—A Gonzalo le dieron permiso en Zas.

—¿Amelia te dijo?

—Sí.

—Me alegra por ellos, pero yo no puedo cerrar el supermercado en fin de año.

—Vamos a estar en feria, abriendo nada más hasta el mediodía. Así que en realidad cerraríamos cinco medios días.

—Las ventas de trago durante la feria son las más grandes del año.

Mi mamá suspiró.

—Yo sé.

Seguimos comiendo. La selva alrededor tranquila. El aire de la noche meciéndola despacio como si quisiera hacerla dormir. En la esquina más alta de la sala había una mariposa de la noche. Imposible alcanzarla. Ni con los palos largos de limpiar los ventanales. Tenía las alas abiertas, con grandes ojos negros, pegadas contra el muro.

—Nos va a atacar —dije.

—¿Quién? —dijo mi mamá.

—Esa mariposa.

—Ay, no la había visto. Es inmensa.


—Se fue —dije la noche siguiente cuando nos sentamos a comer.

—¿Quién? —preguntó mi mamá.

—La mariposa.

—Cierto, me había olvidado de ella.

Mi mamá terminó de servirnos la sopa.

—Ya lo solucioné —le dijo a mi papá.

—¿Solucionaste qué?

—Lo de las vacaciones.

—Mija…

—No tenemos que cerrar. Doña Imelda se va a hacer cargo.

—Ella no puede.

—Váyanse y disfruten, me dijo.

—¿Hablaste con ella?

Mi mamá dijo que sí con la cabeza.

—Y también con Gloria Inés. Va a estar pendiente de doña Imelda y va a pasar a la hora de cierre todos los días para asegurarse de que las cosas vayan bien.

—¿Qué sabe Gloria Inés de supermercados?

—El esposo es economista.

—¿Y eso qué tiene que ver?

—Ay, Jorge, estás poniendo pereque porque sí. Para vos lo único importante es el supermercado. Nunca nosotras. Nunca pasarla bien. Nunca salir de esta ciudad. A mí me gustaría viajar, cambiar de aires, ver lugares nuevos, hacer otras cosas. Qué aburrido sos.

—¿Puedo llevar a Paulina?

—No —dijo mi mamá—. No queremos que se la lleve el mar, ¿o sí?


En La Bocana siempre estaba a punto de llover y todo era gris. El cielo, el mar, la arena y las cabañas de madera, paradas sobre zancos igual que los artistas callejeros. La que alquilamos tenía dos plantas y quedaba en una colina a la que llamaban El Morro.

Por las mañanas íbamos a la playa. Mi mamá y mi tía se asoleaban mientras leían las revistas de mi mamá. Yo jugaba en la orilla con mi papá o con los niños nativos y turistas. Gonzalo nadaba, trotaba, hacía ejercicios de calistenia y se paseaba a lo largo de la playa con los músculos brotados. Tenía una tanga diminuta, con la pirinola visible bajo la tela, y el pelo crespo y poquito por la falta de blower.

La marea subía y la playa se hacía pequeña. Almorzábamos pescado frito, sancocho o arroz con camarones en alguno de los quioscos. Ellos se quedaban tomando cerveza y yo regresaba al mar con los niños.

La marea bajaba y la playa otra vez se agrandaba. Buscábamos lo que el mar traía. Semillas, conchas, botellas, estrellas de mar. Una vez encontré una pata de conejo de la buena suerte. Estaba llena de arena, me dio asco y la tiré.

Sabíamos que era hora de irnos cuando de la selva, al fondo, se levantaban unos jejenes monstruosos que atacaban en nube, nos picaban incluso a través de la ropa que corríamos a ponernos y se nos metían en los oídos, los ojos y la nariz.

Por las noches caían unos aguaceros feroces. En La Bocana no había luz eléctrica. Para alumbrarnos usábamos unas lámparas de querosene que echaban humo y atraían a las mariposas nocturnas. Algunas eran hermosas, con colores delicados y vellos rubios en las patas. Otras eran oscuras y aterradoras, mil veces más grandes que la que tuvimos en el apartamento.

Sacábamos las cartas y apostábamos fríjoles. Mi papá, que jugaba callado, con su sonrisa tranquila de todos los días, nos desplumaba. Ellos tomaban alguna cosa. Vino, ron, aguardiente. Nos reíamos y mi tía se iba a la cama caminando torcida.

Mis papás y yo dormíamos en el mismo cuarto. Ellos en una cama matrimonial y yo en una sencilla, separados por una mesa de noche. Cuando me iba a acostar, al ver mi cama vacía, me acordaba de Paulina y ponía una almohada de lado para cubrir el espacio que ocuparía.


Sucedió en medio de la noche. Me despertaron las voces, el alegato de mi tía Amelia. Bajé la escalera detrás de mi papá. La sala estaba a oscuras, con mi mamá y Gonzalo al fondo y mi tía al pie de la escalera.

—¿Qué pasa? —dijo mi papá.

—Los encontré aquí.

A mí tía las palabras le sonaban como si tuviera piedras en la boca.

—Bajé a tomar un vaso de agua —explicó Gonzalo.

—Y yo —dijo mi mamá— estaba leyendo porque no podía dormir.

—¿Leyendo sin luz? —dijo mi tía.

No llovía. Afuera el mundo parecía un gigante dormido, con el sonido del mar por respiración.

Adentro todo eran sombras, nuestras siluetas y las de los muebles más negras que la oscuridad.

—La lámpara se me apagó. Gonzalo me estaba ayudando a prenderla.

—¿Vos me creés pendeja, Claudia?

—Estás borracha —dijo mi mamá.

—Sos una solapada —dijo mi tía, que no se tenía derecha.

—Ay, por Dios, ¿nos viste en algo?

Mi tía, sin poder decir nada, se la quedó mirando.

—Te lo digo con cariño, Amelia. Estás alcoholizada y viendo cosas donde no hay. Yo sabía que no era buena idea venirnos de vacaciones con vos.

Mi mamá pasó por delante de ella y agarró a mi papá por el brazo.

—Vamos.

Subimos, entramos al cuarto y nos acostamos. Solo quedó el aliento tranquilo del mar.


Empacamos a primera hora. Bajamos bañados, vestidos y con las maletas. Mi tía y Gonzalo estaban desayunando en la mesa del comedor. Salimos sin despedirnos. Sin siquiera mirarlos.

Esa fue la última vez que estuvimos juntos.

—¿Alguna vez tu mamá y vos pasan por Zas?

Mi papá me hizo la pregunta al día siguiente de nuestro regreso de La Bocana. O al siguiente. En todo caso cuando estuvimos en la calle, los dos, sin mi mamá. Por la noche había llovido y la mañana estaba lechosa. Las cosas como cubiertas por una sábana blanca. Miré a mi papá, pensando ¿por qué me hacés esto? Él, armado con su sonrisa, quería una respuesta. Respiré.

—Sí.

—¿Entran?

—A veces.

—¿A veces se quedan afuera y Gonzalo sale?

La sonrisa fija en la cara.

—Ajá.

—¿Los miércoles cuando te lleva a la clase de arte tu mamá entra con vos o se va?

—Se va.

—¿Y se demora en volver?

Lo odié.

—¿No podemos hablar de otra cosa?

La sonrisa se le deshizo. Me agarró la mano y seguimos caminando por la avenida del río. La ciudad, con poca luz y solitaria, como una casa vieja por dentro.

El miércoles de la semana siguiente mi mamá detuvo el Renault 12 frente a la academia. Esperó a que me bajara y entrara. El cielo estaba empañado. En la calle había palos y hojas caídas, cafés, amarillas, verdes, por la humedad pegadas al pavimento. Hacía un fresco baboso y las dos andábamos de manga larga.

En la puerta de la academia me giré hacia ella. Pude decirle que no se fuera. Hoy me van a enseñar a hacer un retrato, por favor quedate. Aunque tenía una foto de ella, para copiarla, sería mejor que me sirviera de modelo. En la foto estás linda, pero en la vida real más. Tenía una camisa amarilla de botones y el cuello en alto, los labios rojos, el pelo en una cola de caballo que le daba elegancia. Ellos ya saben. Alzó la mano para decir adiós. Hoy no vayás, pude decirle.

Mi mamá arrancó.

La clase terminó y salí a esperarla. Podía llegar pronto o tardarse media hora. No recuerdo que ese día se demorara más de lo normal.

Me senté en el muro, bajo el volado de la casa. Caía una llovizna que apenas se percibía. Los alumnos que entraban y salían de la academia me pasaban por el lado. Los mosaicos del piso estaban desteñidos. Me levanté. Me puse a saltar de baldosa en baldosa imaginando una rayuela. Me dio calor. Me quité el buzo, me lo amarré a la cintura y continué saltando.

El Renault 12 llegó. Mi mamá, radiante, con el cuello de la camisa levantado, la cola de caballo intacta y los labios con el color perfecto. Me senté a su lado.

—Estás sudada —dijo.

—Ponete de perfil.

—¿Para qué?

—Tu nariz no me sale.

—¿Me estás pintando?

—Por ahora dibujando.

Obedeció.

—Ya sé —dije—. Lo que pasa es que es triangular.

—¿Mi nariz?

—Y yo la estaba haciendo redonda.

—Quiero ver ese dibujo cuando esté listo.

—Va a ser un óleo y lo voy a pintar en colores ocres.

—Con el fondo mostaza. Ese color me va bien.

—Está bien, tocaya —dije—. Lo hago del mismo color que el carro.

Llegamos al supermercado. Ella agarró una canasta. Saludamos de pasada a doña Imelda, que nos siguió con la vista de un modo que entendí más tarde. Mi mamá se metió por el pasillo de la derecha, el de la leche y los huevos, y yo por el del centro.

Estuve un momento frente a la góndola de los dulces tratando de decidir qué quería. Si algo duro o blando, azucarado o ácido, de colores o blanco. Opté por un Bon Bon Bum rojo.

Seguí hacia la oficina de mi papá. Me sorprendió encontrar allí a mi tía Amelia. Estaba en el escritorio, que era metálico y grande y la hacía ver pequeñita, aunque temible como una reina. Tenía las cejas repintadas, el maquillaje oscuro y una camisa negra con hombreras altas.

—¿Y mi papá?

—Hola, nena —dijo con una sonrisa que se esfumó al ver llegar a mi mamá.

Ella se cambió la canasta de brazo.

—¿Qué hacés acá, Amelia?

—Mi hermanito puede ser atembado, pero ya espabiló.

—¿De qué estás hablando?

—Sabe que estás con él.

—Ay, por favor, ¿vas a seguir con eso? ¿Estás borracha?

Mi tía, tranquila, dijo:

—Hoy te vio con él, Claudia.

Mi mamá se heló.

—Vio cuando lo recogiste y a donde fueron.

Me agarró la mano.

—Vámonos que tu tía cada vez está más loca.

Avanzamos rápido por el pasillo. Llegamos a la caja. Mi mamá me soltó la mano para encargarse de la compra.

—Cómo se le ve de bonito ese color —dijo doña Imelda refiriéndose al amarillo de la camisa.

Era evidente que algo pasaba, mi papá había salido, mi tía Amelia lo reemplazaba en su oficina, mi mamá se veía alterada, pero doña Imelda hacía como que todo andaba normal.

—¿Qué me dice de este invierno? No para de llover, ¿ah?

Miró hacia afuera, al tendido gris derramado sobre el mundo. Mi mamá dijo cualquier cosa y sacó la billetera. Las manos le temblaban. Doña Imelda se dio cuenta y mejor no dijo más.


Nos montamos en el carro. Hicimos el camino al apartamento calladas, como si fuéramos para un entierro. Solo que nuestro silencio no era triste sino erizado. Yo no me atreví a quitarle la envoltura al Bon Bon Bum.


Mi mamá se fue directo a su mesa de noche y agarró el teléfono. Me quedé en la entrada de mi cuarto, donde ella no podría verme y yo sí escucharla. Al principio habló en susurros. Luego se angustió y levantó la voz.

—Tenía turno hasta el cierre… ¿No dijo nada?… Si va, si lo ves, si llama, por favor decile que se comunique.

El resto de la tarde estuvo intranquila. Caminaba por el cuarto y el corredor, sin alejarse del teléfono, que nunca sonó, sin poder recostarse, leer sus revistas ni quedarse en un sitio. Yo, en el estudio, fingía ver la televisión.

Se hizo de noche y mi papá no llegó. Comimos. Ella en silencio. Yo, igual que doña Imelda, haciendo como que no pasaba nada, hablando de una cosa y de otra. La clase de arte, el retrato, los chistes de María del Carmen en el colegio, la selva del apartamento que esa noche se veía tenebrosa.

—¿Cierto? Parece una película de miedo.

Afuera, la lluvia blanda e incansable y el río Cali cada vez más ruidoso.

Terminamos de comer. Como siempre, vimos la televisión y a las ocho me envió a cepillarme los dientes y a la cama.


La almohada estaba fría y cargada de humedad, y en el pecho yo tenía incrustada una cosa dura como una bola de cristal. Arrullada por el murmullo de la llovizna y el sonido hueco de una gota sobre el pavimento, me fui quedando dormida.

En algún punto, no supe cómo, sin que advirtiera la transición, la llovizna se convirtió en tempestad y la tempestad se me metió en el sueño. Un relámpago estalló, todo se llenó con la luz y el estruendo y me desperté.

Mi cuarto estaba en calma y afuera ni siquiera lloviznaba.

La tempestad era en el cuarto de mis papás. Era la voz de mi papá. Una voz que le salía de adentro, no de su garganta sino de la barriga, como cuando antes de temblar la tierra ruge. La voz de mi mamá, una hebra delgadita, se percibía en los pequeños espacios que él dejaba. No se entendía lo que decían. Únicamente los gritos y la vibración. Únicamente la furia. Ella alzó la voz y, por una vez, la escuché con claridad.

—¡Pues nos separamos!

Y él:

—¡Te voy a dejar en la calle, como a él!

La puerta de mi cuarto estaba entreabierta. En el corredor había un poco de luz. Me paré y caminé despacio. Los gritos no paraban. Salí al corredor. La puerta de ellos estaba abierta de par en par y vi a mi papá. Flaco y encorvado, con la camisa arrugada, la calva brillando bajo la lámpara y los pocos pelos blancos en desorden. Los gritos salían de su boca, deforme por la rabia, igual que dardos. Agarró a mi mamá, que estaba en piyama y despeinada, por el brazo, la sacudió y la tumbó en la cama.

Di un paso. Ellos me percibieron y se volvieron hacia mí. Mi mamá tirada en la cama y mi papá con los ojos como piedras. Caminó hacia la puerta y la cerró de un manotazo. Los gritos se acabaron. Ahora no se escuchaba nada. Solo el silencio. Solo el abismo de ese silencio.

Llorando, volví a mi cuarto, agarré a Paulina y me acurruqué con ella en la esquina de la cama.

# Segunda parte

Mis papás no se separaron a la mañana siguiente. Desayunamos los tres, como todos los días, yo arreglada para el colegio y ellos en piyama, callados.

—Lucila —le conté cuando estuvimos en la calle—, anoche mis papás pelearon horrible.

—Cuidado con pisar ahí —dijo señalando la plasta melcochuda, aún fresca, de un perro.

—Se van a separar.

No respondió.

—¿No me oyó?

—Sí, pero voy a hacer de cuenta que no.

—¿Por qué?

—Porque de eso no se habla, niña Claudia. Son cosas de sus papás.

Lucila era apenas un poco más alta que yo, aunque ancha y cuadrada como un montacargas. Usaba una bata azul sin delantal y el pelo, que era negro con partes canosas, en dos trenzas amarradas alrededor de la cabeza. Entre las cejas tenía una arruga de persona malgeniada, una raya honda y recta.

Al llegar al colegio me dio la lonchera y nos dijimos adiós. Por la tarde, como de costumbre, me estaba esperando a la salida.

—Niña Claudia —saludó.

—¿Mi mamá está en la casa?

—Sí.

—¿Y mi papá?

—Almorzó y se fue para el supermercado.

Hicimos el camino sin hablar. Yo escuchando en mi cabeza los gritos de mi papá durante la pelea. Te voy a dejar en la calle, como a él.

En el apartamento todo estaba en orden. La selva con sus plantas. Los muebles en su puesto. Mi mamá en la cama con una revista. Las cosas de mi papá en la mesa de noche. La ropa de los dos en el clóset. Los frascos y los tarros en el baño. La tarde pasó sin novedades. Mi papá llegó a la hora de costumbre y por la noche comimos los tres, como siempre. Ellos vieron el noticiero y a las ocho me fui a dormir.

Al otro día, lo mismo. Mis papás haciendo como que nada pasaba, pero él dormía en el estudio, me di cuenta cuando me levanté al baño y lo vi a través de la puerta entreabierta, organizando sus almohadas en el sofá. Un hombre calvo y pequeño con el cuerpo en forma de garfio.


Antes, los sábados la rutina era distinta. Nos levantábamos más tarde, nos bañábamos por turnos y desayunábamos ya arreglados, mi mamá con su enterizo rojo de gimnasia. Ella nos llevaba al supermercado y seguía para la clase de aeróbicos.

Ese sábado mi mamá me despertó sin novedad. Me bañé después de mi papá, me vestí y me peiné en mi cuarto y bajé al comedor. Él estaba vestido y ella en piyama.

—¿No vas al gimnasio?

Respondió él:

—No.

Te voy a dejar en la calle.

Miré a mi mamá.

—No —confirmó—, pero vos te vas al supermercado.

Parecían robots. No se miraban ni hablaban entre ellos.

Miré a mi papá.

—Sí —dijo—, te venís conmigo.

Volví a ella.

—¿Vos qué vas a hacer?

—Nada.

Pues nos separamos, había dicho.

—¿No te vas a ir?

—¿Para dónde me voy a ir, Claudia?

—¿Entonces por qué tengo que ir al supermercado?

—Porque es bueno que salgás.

—Y que aprendás cómo funciona —añadió él.

Así que de pronto no se iban a separar y las cosas seguirían igual. Sin Gonzalo. Te voy a dejar en la calle, como a él. Lo vi en mi cabeza. Sucio, barbado, con la ropa en harapos, los músculos

73

acabados y el pelo crespo y poquito como en La Bocana, cuando salía del mar. Un mendigo perdido en un lugar lejano de la ciudad.


Doña Imelda me nombró empacadora en la caja. Ella registraba los productos y yo los clasificaba y metía en las bolsas según si eran comestibles o no, fríos, quebradizos o blandos.

En el edificio de la acera opuesta vivía una viejita que hacía la compra en el supermercado. Era enclenque, jorobada, con el pelo pintado de naranja y la ropa grande, como si fuera prestada. Doña Imelda la conocía de siempre y se ponían a charlar.

—¿Se acuerda cuando la mamá la traía en una canastica? —dijo la vieja refiriéndose a mí.

—Qué tal lo viva que era.

—Tenía los ojos bien abiertos.

—Sostenía la cabeza solita.

—Habló rapidísimo.

—No había cumplido un año y medio y ya decía un mundo de cosas. Me acuerdo cuando tenía como cinco años. Hablaba igual que una vieja, con palabras grandes.

—Claro, como no tiene hermanitos y se crio entre adultos…

La vieja y doña Imelda me miraron.

—Y véala ahora…

De arriba abajo.

—Una niña muy inteligente.

—Inteligentísima.

Si insistían en lo de la inteligencia, me di cuenta, era porque no podían decir que era bonita.

—Lástima que el abuelo no la conoció —dijo la vieja.

Doña Imelda afirmó, pero enseguida se lo pensó.

—O hasta mejor así, ¿no?

—De seguro ella lo habría cambiado. Los nietos hacen eso.

—Pues sí —dijo doña Imelda.

Le entregué a la vieja la bolsa con los espaguetis, la mantequilla y los tomates que había comprado. Me hizo una caricia en la cabeza para despedirse y empezó a caminar, frágil y lenta, un pasito tras otro, dando la impresión de que el camino hasta la acera opuesta le tomaría una eternidad. Cuando por fin estuvo lejos, me giré hacia doña Imelda.

—¿Por qué es mejor que mi abuelo no me hubiera conocido?

Miró hacia todos los lados, asegurándose de que no hubiera nadie.

—Él era un hombre difícil.

—¿Difícil cómo?

—De silencios largos, igual que su papá, y si hablaba era para regañarlo a uno.

En el retrato de su boda, mi abuelo no sonreía. De cualquier modo, pensaba yo, ese hombre feo tenía que haberse sentido muy afortunado con una novia tan joven y bella. Debió quedar destruido cuando la perdió. Por eso no se había hecho cargo de sus hijos. Por eso no los visitaba ni les compraba zapatos. El pobre no soportaba el dolor de estar en la finca donde vivió con ella.

Teníamos pocas fotos de la familia de mi papá. Eran viejas y en blanco y negro. Las guardábamos sueltas, entre las páginas de los álbumes de mi mamá. La finca cafetera. Mi tía Amelia y mi papá con sus cuadernos. La tía que los crio, una mujer abundante con rulos negros y cara de malhumor. Mi abuelo con vestido de paño. Mi abuelo con sus hijos cuando llegaron a la ciudad, dos niños escurridos, como sobrevivientes de una guerra. El supermercado el día de la inauguración. Un carro viejo. Mi tía Amelia y mi papá en su grado de colegio. Mi abuelo en el balcón de la casa, con una cánula en la nariz. No sonreía en ninguna. Tenía el ceño arrugado y la boca de para abajo. En una clara expresión de tristeza, pensaba yo. Hasta que doña Imelda vino con su comentario.

—¿Mi abuelo la regañaba?

—Todo el tiempo.

—¿Era bravo?

—Muy bravo. —Se acercó y bajó la voz—: Y con su papá, peor. Como su abuelita murió en el parto, yo creo que lo culpaba a él. Imagínese, a su hijito, un pobre bebé que se quedó sin la mamá.

Mi papá estaba en su oficina haciendo cuentas en la calculadora y anotaciones en un libro. El ventilador, encima del archivador metálico, se movía lento y ruidoso como si se fuera a atrancar. Al sentirme en la puerta, mi papá levantó los ojos.

—¿Tu tía era buena contigo?

La pregunta lo agarró por sorpresa.

—¿Mi tía Mona?

Asentí.

—Yo creo que sí —dijo.

—¿La querías como a una mamá?

—No sé.

—¿Porque nunca tuviste una mamá?

—No sé.

Se quedó pensando.

—Lo que más recuerdo de ella es su olor.

—¿A qué olía?

—A talcos.

—¿Rico?

—Sí.

—¿Cuántos años tenías cuando murió?

—Ocho.

—Como yo.

—Sí.

—¿Te acordás cuando llegaste a vivir con tu papá?

—Sí.

—¿Te gustó?

—La casa era más moderna que la finca.

—¿Pero te gustó?

—¿La casa de mi papá?

—Volver con él.

—No tanto.

—¿Porque estabas acostumbrado a tu tía y a la finca?

—Porque me pegó con un cable.

—¿Tu papá te pegó con un cable?

—Sí.

—¿Por qué?

—No me acuerdo.

Yo lo miraba y miraba. Era como si lo estuviera viendo por primera vez. Él se fijó en su reloj.

—Ya es hora de almorzar.

Dejó el lápiz sobre el cuaderno. Se paró. Caminó hacia mí y me puso la mano en el hombro.

—¿Vamos?

Sonrió. Era una sonrisa de huérfano. Uno de verdad. No como mi mamá que, de niña, sin serlo, se había sentido así.


Los domingos, luego del desayuno, mi papá y yo salíamos a caminar.

Andábamos por nuestro barrio o el del supermercado. Subíamos y bajábamos las pendientes. Admirábamos los edificios antiguos y las casonas con muros de piedra. Íbamos a la estatua de Sebastián de Belalcázar, en la cima de una calle empinada. Llegábamos rojos y sudados, con la esperanza de que hubiera un carrito de raspados o paletas de agua. Nos sentábamos en el muro y mirábamos la ciudad, ancha aunque bajita, los árboles, las nubes.

O recorríamos la avenida del río, donde siempre hacía menos calor gracias a los árboles, tan gordos que no los podíamos abarcar con los brazos. Mirábamos el río desde los puentes, ocre y espeso en las épocas de lluvia, liviano y gris azul el resto del tiempo. En un llano, frente a la desembocadura del río Aguacatal, había un árbol con el tronco tendido que me gustaba escalar.

A veces entrábamos al zoológico. Otras, seguíamos de largo hacia el restaurante Cali Viejo y más allá, donde se acababan las casas y el pavimento y a orillas del camino crecía una vegetación crujiente y desteñida, con árboles flacos de ramas torcidas.

Yo hablaba. Le contaba a mi papá las cosas que me pasaban en el colegio. Él escuchaba y se reía cuando había que hacerlo. Le hacía preguntas sobre temas importantes o superficiales de la vida, el universo y la naturaleza. Él meditaba, me daba su respuesta, siempre puntual, o decía que no sabía y se callaba.

Los muertos de mi papá, empecé a pensar, vivían en sus silencios, como ahogados en un mar en calma.

En nuestra caminata del domingo después de la pelea, para medir cuánto tiempo mi papá podía pasar en silencio, decidí cerrar la boca y no hacerle preguntas. Salimos del apartamento, bajamos en el ascensor, tomamos la avenida del río, caminamos hasta el zoológico, y ni una palabra. Pensé que en la taquilla le tocaría decir alguna cosa.

—¿Un adulto y una niña? —preguntó la taquillera.

Él asintió y al final, para dar las gracias, sonrió.

Entramos y pasamos el puente sobre el río. Era una mañana de cielo blanco, pero el sol y el bochorno comenzaban a subir. Fue un alivio refugiarnos en la jaula de las aves, un galpón gigantesco con domo de malla, muros de piedra y una vegetación generosa que daba sombra.

Hicimos el recorrido despacio, buscando entre las ramas y las plantas a los loros, los otros pájaros de colores, las pavas de monte y, en los laguitos, a los patos. Mi papá, nada. Ni siquiera señalaba con el dedo. Solo miraba. A medida que avanzábamos el calor se hacía más y más sofocante y al final pareció que se hubiera acabado el aire para respirar.

Abrimos las puertas de la salida y fue como sacar la cabeza del agua.

Mi papá se limpió el sudor de la cara y el cuello con su pañuelo. Había una ceiba enorme, y bajo su sombra, contemplamos a los cóndores. La jaula era alta, aunque estrecha, y ellos estaban en la punta superior, mirando el mundo desde su trono como unos reyes muy feos.

Seguimos por el camino paralelo al río. Ya había parches azules en el cielo y el sol vibraba encima de nuestras cabezas, pero andábamos cómodos porque los árboles daban sombra, se escuchaba el río, había poca gente y el andén era amplio.

Llegamos a la jaula de la boa. Estaba quieta sobre un tronco de madera, gruesa, brillante, lisa por un tramo largo, enroscada y lisa otra vez. Parecía infinita. De pronto se movió con la cabeza apuntando hacia nosotros y la vimos sacar rápidamente su lengua partida, negra y plana igual a una cinta. Mi papá no reaccionó. Yo, horrorizada, le agarré la mano.

Volvimos al camino. Nos cruzamos con la tortuga gigante de Galápagos. Se llamaba Carlitos y siempre, hasta que murió, anduvo suelta por el zoológico. Caminaba torpe, con su gran caparazón, tosco como una vasija de barro. Yo quería ser amiga de ella y montarla. Miré a mi papá con ganas de decírselo. Él sonrió y tuve la fuerza para seguir callada.

Los cocodrilos tomaban el sol junto a su lago de agua turbia. Secos, agrietados y tan quietos como si estuvieran muertos. A nosotros nos sudaban las manos que teníamos agarradas y mi papá no daba señas de que eso ni ninguna otra cosa le molestara.

Avanzamos hasta los rinocerontes. Daba la impresión de que eran de plastilina, unos modelos hechos a mano, con arrugas y rajas. Adelante, unos niños gritaron que los venados tenían bebés. Le solté la mano a mi papá y fui corriendo.

Eran dos cervatos, todavía inseguros sobre sus patas flacas. Me recordaron a Bambi, que perdió a su mamá y se quedó solo en el bosque, con un papá al que no conocía, y me llené de una tristeza sin fondo que se sentía viejísima. Mi papá me alcanzó y se hizo a mi lado, pero era como si no estuviera allí. El silencio lo borraba. El reto de no hablar era una tortura y una estupidez, pensé, y sin embargo no hablé.

Llegamos a donde las cebras y me concentré en ellas. De tanto mirarlas las rayas se me empezaron a confundir y me resultaron falsas, como si fueran pintadas, unos afiches de poner en la pared.

Al frente estaba el oso pardo. Nos acercamos y él se desperezó, se levantó y, meneando las caderas, fue a bañarse en la piscina.

El oso de anteojos no se dejó ver.

Los leones, encima de una roca, se dedicaron a bostezar.

El tigre dormía en la sombra.

Por un momento, frente al oso hormiguero, estuve confundida tratando de entender cuál era la cabeza y cuál la cola.

Los papiones, aburridos, se rascaban la cabeza y las axilas.

Los monos del Nuevo Mundo, en su isla, brincaron de rama en rama, se columpiaron y gritaron a lo loco.

El recorrido terminó y mi papá mudo. Salimos del zoológico. Regresamos por la misma avenida, bajo el calor aplastante del mediodía. Yo derrotada y él indiferente, como si el silencio le chupara el alma y a mi lado no caminara un hombre sino su cáscara.

Subimos al apartamento en el ascensor. Mi mamá, que estaba poniendo la mesa para el almuerzo, un pollo asado pedido a domicilio, preguntó qué tal nos había ido. Mi papá pensó que yo respondería. Apreté los labios. Mi mamá volvió a preguntar y entonces él, sin mirarla, habló:

—Bien.

Nos sentamos. Ellos rígidos y dirigiéndose solo a mí.

Por la noche, para no estar igual que en un partido de ping-pong, bajé con Paulina y la senté en la silla del comedor que no tenía dueño.


El siguiente domingo también nos fuimos por la avenida del río hacia el zoológico, pero en lugar de seguir derecho tomamos el viejo puente peatonal, pasamos al otro lado y anduvimos por el barrio del supermercado hasta que mi papá, sin que yo abriera la boca, dijo:

—Qué solazo.

Era una yema de huevo en la mitad del cielo.

—De pronto tu tía tenga un juguito.

Lo miré asombrada.

—¿No tenés sed? —dijo.

Tuve que reconocer que sí.

—¿Vamos?

Me lo quedé mirando, preguntándome qué pensaría mi mamá. Él sonreía.

—Bueno —dije.


Mi tía Amelia se asomó al balcón para ver quién timbraba y se sorprendió al vernos. Nos envió la llave en un canastico con una cuerda. Estaba esperándonos afuera del apartamento, en el descanso de las escaleras, en piyama, un camisón hasta la rodilla, y nos abrazó a los dos al tiempo.

Entramos. Nos sirvió un jugo de piña que tenía en la nevera. Nos lo tomamos de un trago. Nos sirvió otro y nos sentamos en la sala. Me preguntó cómo estaba, qué había hecho, cómo me iba en el colegio, qué estaba aprendiendo en la clase de arte. Le conté que trabajábamos en el rostro humano, que en Matemáticas me iba más o menos, que a María del Carmen le dio varicela, que no había hecho nada especial y que estaba bien.

—¿Y vos?

—Bien también.

Quise preguntar por Gonzalo. Dónde estaba, qué había pasado con él, si todavía lo veía o hablaban. No me atreví.

—¿Te hice falta? —dijo.

—Sí.

—Vos me hiciste más.

Abrió los brazos. Fui a la silla de mimbre y me senté en sus piernas. Estuvimos un rato así, hasta que encendió un cigarrillo y me olió feo. Empezó a hacerle preguntas sobre el supermercado a mi papá y aproveché para levantarme.

En el cuarto seguían las dos camas. Ya no había revistas junto al baño. Tampoco estaban las pesas. Mientras mi tía y mi papá hablaban, recorrí el apartamento tratando de encontrar alguna señal de Gonzalo. Busqué en las gavetas del baño y la cocina, en la ducha, el clóset, las mesas de noche y los cajones del tocador. Regresé a la sala. Busqué en las caras de mi tía y mi papá, en las cosas que se decían y en las que no. No encontré nada.

Quería creer que Gonzalo se había ido por su cuenta, llevándose solo lo que trajo y que a lo más mi papá le hizo firmar un documento para que no pudiera quedarse con nada, como dijo la noche que lo conocimos.

Antes de la pelea de mis papás, de la pelea de mi mamá y mi tía, de que llegara Gonzalo a la familia, yo tenía certezas. Las mamás tenían hijos porque los deseaban. Mi tía Amelia vivía feliz en su miniapartamento con sus batolas. Mi abuelo era un hombre triste. Mi papá, el más bueno del mundo.

Ahora, después de las peleas y de Gonzalo, bajo las capas de mis certezas quemadas, en un centro antes vacío como el de una cebolla, latía el miedo de que mi papá hubiera hecho algo malo. Algo peor que hacerle firmar un documento a Gonzalo para dejarlo en la calle. Algo sobre lo que prefería no imaginar nada y que era mejor borrar de mi cabeza.

Lo miraba y veía al mismo de antes. Un hombre con cara de bobo que parecía incapaz de hacer daño. Pero adentro de él, junto al huérfano, en el mar de silencio, ya lo sabía, vivía un monstruo.


Llegamos a la casa. Mi mamá estaba en un banquito, con un tenedor de jardinería, trabajando en la tierra del aguacatillo. Mi papá dijo, al aire, que necesitaba ir al baño. Mi mamá, a mí, que había pedido sándwiches cubanos. Y yo:

—Hoy fuimos a donde mi tía Amelia.

Mi mamá se quedó quieta, con la espalda doblada hacia la tierra. Mi papá siguió subiendo la escalera. Despacio, ella se giró hacia mí y me llamó con la mano. Esperó hasta que mi papá llegara al segundo piso y se metiera en el cuarto.

—¿Qué te dijo? —preguntó en voz baja.

—Nada.

—¿De qué hablaron?

—De cómo estábamos, lo que habíamos hecho y del supermercado.

—¿Te dijo algo de mí?

—No.

—Si te llega a decir algo, no le creás. Ella es una mentirosa.

La miré fijo, sin expresión.

—¿Entendiste?

—Te oí, sí.

—No le podés creer nada a tu tía Amelia, Claudia.

Mi mamá, en esos días, seguía pendiente del teléfono y cuando sonaba corría a contestar. Yo notaba la emoción con la que decía aló y el desencanto al descubrir quién era. Gloria Inés, el asesor del banco, una persona equivocada.

El mudo ya no llamaba y ella empezó a estar cada vez más inquieta. Daba vueltas por la selva. Se sentaba en el tocador para levantarse al instante. Se acostaba en la cama y lo mismo. Una tarde sacó los utensilios de jardinería, las tijeras, la palita, el tenedor, el balde, los guantes, los abonos, el banco, todo, y al momento, demasiado pronto, la vi en su cama, sentada de cara a la pared.

—¿La señora terminó con las matas? —preguntó Lucila desde el primer piso, igual de extrañada que yo.

—Sí.

—¿Recojo las cosas?

—Por favor.

—Yo creo que las matas ya necesitan agua, señora Claudia.

—Es verdad.

—¿Las riego?

—Bueno, Lucila, gracias.

Mi mamá agarró una revista. La abrió, pasó dos páginas y la soltó. Yo, que estaba en la puerta, entré. Me senté en la cama y tomé la revista. Era una *¡Hola!* recién llegada. En la tapa, la princesa Diana. La abrí.

—Mirá a Sophia Loren.

Antes de las peleas y de Gonzalo era ella la que me mostraba las fotos de Sophia Loren. Decía que ellas dos tenían el mismo color de piel. Ahora la miró de pasada.

—Ustedes dos tienen el mismo color de piel.

Nada. Se mordió una uña.


Con Natalie Wood, en los tiempos de antes, mi mamá tuvo una obsesión. Era una actriz famosa que encontraron muerta, flotando bocabajo, en el mar. En piyama, me contó mi mamá, con medias de lana, una chaqueta roja y el pelo abierto sobre el agua como una medusa. Durante semanas no habló de otra cosa.

El marido de Natalie Wood era Robert Wagner, un actor también famoso. La pareja estaba en su yate con Christopher Walken, otro actor famoso, con quien ella filmaba una película. Los tres bebieron, cenaron y bebieron más. Era noche cerrada y el mar estaba bravo. Ella se despidió para irse a dormir y dejó a los hombres en la sala de estar. El marido dijo que, al rato, cuando fue a acostarse, no la encontró en el camarote, que al buscarla por el yate se dio cuenta de que el bote inflable tampoco estaba, que pensó que habría salido a dar un paseo y se puso a esperarla, que pasado un tiempo se preocupó y llamó por el radio a las autoridades.

Las autoridades la encontraron al día siguiente, según describió mi mamá, y concluyeron que la muerte fue accidental.

—Accidental mi culo —dijo mi mamá.

Nadie, aparte de las autoridades, creía el cuento del marido. ¿A quién, en medio de la noche, estando en piyama y sin zapatos, se le iba a ocurrir salir en un bote inflable a dar un paseo por el mar oscuro y bravo? Todo el mundo pensaba que el marido sí la había encontrado en el camarote, que, celoso de Christopher Walken, había peleado con ella y la tiró al mar. Todo el mundo menos mi mamá.

—Si él la hubiera tirado, ella se habría quitado la chaqueta, habría nadado o gritado, se habría agarrado del yate, del bote inflable…

—¿Entonces?

—Ella se tiró sola.


No encontré a Natalie Wood en la recién llegada ¡*Hola!* En cambio, sí a la princesa Grace de Mónaco, cuya muerte en un accidente de tránsito también obsesionó a mi mamá.

La noticia salió en la televisión y los periódicos, pero allí nada más contaron las generalidades. Las revistas, que traerían los relatos sustanciosos y las fotos, se demoraban semanas en llegar desde Europa a la Librería Nacional.

Mi tía Amelia estaba allá, casada con Gonzalo sin que nosotros lo supiéramos. Nos llamó desde Madrid para contar que todo iba bien. Mi papá y yo nos quedamos de pie junto a mi mamá mientras ella hablaba, veloz, pues en aquel tiempo las llamadas de larga distancia eran muy costosas, y a los gritos, como asegurándose de que la voz atravesara el océano. Antes de colgar, mi mamá le pidió que le enviara todas las revistas que encontrara sobre la muerte de la princesa Grace.

Así le llegaron más rápido y mi mamá se aplicó a leer. Una tarde, cuando yo hacía la tarea, entró al estudio con una revista abierta en la mano.

—Oye esto —dijo y leyó unas líneas que decían que en un punto de la carretera había una curva muy pronunciada, donde los carros debían frenar con fuerza y maniobrar el timón con cuidado. Entonces alzó los ojos—: La princesa no lo hizo.

—Qué horror.

—Siguió derecho y se llevó por delante el muro de contención. ¿Te das cuenta?

—Terrible.

—Ella estaba cansada de las obligaciones.

—¿Qué?

—Eligió la ruta más peligrosa y no frenó en esa curva.

—¿Pensás que no quiso frenar?

—Odiaba manejar y tenía choferes, pero ese día, aunque andaba con dolor de cabeza, insistió en hacerlo ella.

—¿Y se tiró al barranco a propósito?

En las revistas yo había visto la foto del carro volcado en el despeñadero.

—¿Sin que le importara su familia?

Las fotos del funeral. El dolor en las caras del marido y los hijos. Las fotos de Estefanía, la hija menor, que iba con ella en el carro y por un tiempo tuvo que llevar un cuello ortopédico.

—¿Ni lo que le pudiera pasar a Estefanía?

—Estaba cansada de las obligaciones —repitió.


La foto que encontré de la princesa Grace de Mónaco la mostraba en el ataúd y era pequeña, en blanco y negro. El artículo trataba sobre las fiestas de fin de año de ese país, en esta ocasión sin celebraciones, debido al duelo. La princesa, acostada en su caja, entre elegantes paños blancos, tenía el pelo brillante, las manos cruzadas con un rosario, los ojos cerrados y una expresión tranquila. Parecía más joven. La bella durmiente.

—Ya está descansando —le dije a mi mamá.

—¿Quién?

—La princesa Grace.

Se la mostré y ella, con una chispa de curiosidad, la detalló.

—Sí.

—Estaba muy cansada, ¿cierto?

—¿Ah?

—De las obligaciones.

—Ah, sí —dijo, y se acostó en la cama, dándome la espalda.


Al día siguiente, al llegar del colegio, la encontré en piyama, recostada en su cama, con una caja de clínex y la cabeza sobre una pila de almohadas. Tenía los ojos rojos, la nariz tapada y la voz gangosa.

—¿Lloraste?

—Tengo rinitis.

—¿Qué es eso?

—Una alergia. Hace tiempos no me daba.

Agarró un sobre de pastillas de la mesa de noche, tomó una y se la pasó con agua.

—El antialérgico me da sueño. Voy a dormir un poquito.

Y, lo mismo que el día anterior, se acostó dándome la espalda.


Mi mamá empezó a quedarse en la cama desde la mañana hasta la noche. Todo el día en piyama y sin acicalarse. La caja de clínex al lado. La nariz y los ojos irritados. Las cortinas cerradas. A veces sin una revista, sin leer ni hacer nada, hecha una bolita como un gato.

Lo primero que yo hacía, cuando llegaba del colegio, era asomarme a su cuarto.

—Hola, tocaya.

—Hola.

—¿Cómo estás?

—Aquí.

—¿Seguís mala?

—Un poco.

—¿Querés algo?

—Nada.

—¿Abro las cortinas?

—La luz me molesta, Claudia. ¿Cuántas veces tengo que decírtelo?

—¿Te cuento lo que hicimos hoy?

—Mejor más tarde. Me tomé el antialérgico y tengo sueño.

Yo almorzaba y ella dormía. Hacía las tareas y ella dormía. A las cuatro encendía el televisor y, mientras yo veía *Plaza Sésamo*, ella dormía.

Se paraba de la cama al final de la tarde. Abría las cortinas. Se bañaba largo. Se ponía otra piyama y se peinaba en el tocador, de un modo lento y mecánico, hipnotizada en el espejo.

Lucila le subía un café con tostadas y ella comía en la cama. Yo me sentaba a su lado. Algunas veces lograba que habláramos, que oyera mis cuentos del colegio, me hiciera una pregunta, me contara sobre las mujeres de las revistas o una anécdota de mis abuelos. Una tarde me dijo que la última vez que tuvo rinitis, antes de esta, fue con la muerte de mi abuela y, antes de eso, con la de mi abuelo.

—¿Y antes?

—Cuando casi pierdo quinto de bachillerato.

Otras veces no conseguía nada, pero igual me quedaba con ella hasta que terminaba el café y las tostadas.

Cuando mi papá llegaba, se tomaba un nuevo antialérgico, cerraba las cortinas y se acostaba. Ya no disimulaban que dormían separados.

Lucila se encargaba de algunas de las cosas que antes hacía mi mamá. La lista del mercado, el cuidado de las plantas y preparar mi uniforme del colegio para el día siguiente. Mi papá, del resto.


El cumpleaños de mi mamá cayó un miércoles. Por la mañana le subí en una bandeja el desayuno preparado por Lucila y le dije que se alistara para recibir una sorpresa por la tarde. Sonrió. A mi regreso del colegio tuve que aclararle que cuando dije por la tarde me refería a después de mi clase de arte. Sonrió.

Almorcé y mi papá llegó para llevarme a la academia. Al volver, subí corriendo la escalera.

—¡Tu sorpresa!

El cuarto estaba oscuro y ella era un bulto en la cama.

—¿Qué es? —dijo con una voz pesada, como si fuera una cadena que le tocaba arrastrar.

Saqué de detrás de mi espalda la sorpresa.

—¡Tarán!

El retrato terminado. El que copié de una foto. Mi mamá en colores ocres, con el fondo mostaza, como había pedido. La nariz, tras muchos intentos, afinada.

—Tenés que mirar.

Por fin se movió. Se incorporó de la mitad para arriba. En ese momento estaba en la peor etapa de la rinitis. Se paraba de la cama nada más para ir al baño. Rechazaba el café y las tostadas que Lucila le subía. Claudia, ahora no, me decía cuando yo entraba a saludarla; Claudia, cerrá la puerta; Claudia, dejame sola. Así que no esperaba que se levantara de la cama, contemplara el retrato, hablara de lo lindo que era, lo parecida que había quedado, me besara, me diera las gracias y lo pusiéramos en la pared del estudio con los demás retratos familiares. Pero sí que sonriera como por la mañana o a mi vuelta del colegio, que lo detallara, un gesto de aprobación, un brillo en los ojos, algo.

—Claudia, acabo de tomarme el antialérgico y tengo sueño. ¿Me lo mostrás más tarde?

Bajé el retrato. Fui a mi cuarto y lo metí debajo de la cama, con los juguetes rotos o los que ya no usaba. Agarré a Paulina y me dediqué a peinar su largo pelo de color chocolate con el cepillo diminuto de las Barbies.

A los pocos días, al llegar del colegio, me desconcertó encontrar el cuarto iluminado, con las cortinas abiertas, el radio-reloj en la mesa de noche de mi papá sintonizado en las noticias, y ella sentada en la cama.

—Esta mañana se murió Karen Carpenter —dijo.

Estaba en piyama, sin bañarse ni peinarse, pero, dentro de las circunstancias, casi se veía animada.

—¿Cómo?

—La encontraron en el piso del clóset, desnuda, aunque cubierta con la piyama que se acababa de quitar para vestirse. Hasta para morir se portó como una señorita decente.

Karen Carpenter era la cantante y baterista de Carpenters, un dúo de hermanos que se vestían como buenos muchachos y tocaban un rockcito inocente y pegajoso.

—¿De qué murió?

—De anorexia.

En aquella época se sabía poco de esa enfermedad. Yo ni siquiera la había oído mencionar.

—¿Qué es eso?

—Es cuando la gente se mata de hambre.


La primera revista con la historia sobre la muerte de Karen Carpenter llegó unas semanas después. Esperé a que mi mamá la soltara y me la llevé para mi cuarto. Nunca antes había leído un artículo completo.

La anorexia nerviosa, empezaba el artículo, era la enfermedad de las jóvenes obedientes y exitosas que se obsesionaban con su peso. Dejaban de comer, vomitaban, tomaban laxantes, hacían ejercicio sin parar. No daban crédito a la escala cuando les mostraba que su peso había caído por debajo de lo normal y aunque estuvieran flaquísimas se veían gordas en el espejo. Aguantaban hambre durante años, se desnutrían y un día el corazón les fallaba.

En una de las fotos Karen Carpenter salía con los huesos de la cara marcados. La mandíbula, los pómulos, los arcos de las cejas. Los ojos, redondos y oscuros, parecían ya huecos. Era por poco una calavera.

Colapsó en la casa de sus papás. Estaba tan débil que los paramédicos no pudieron reanimarla. Tenía treinta y dos años. Era bonita, rica, famosa, querida por su familia y por los fans. Una estrella de rock que encarnaba lo mejor de la juventud de su época. En su organismo no había drogas ni alcohol. Ni siquiera fumaba. Lo más fuerte que le metía a su cuerpo era té frío. Karen Carpenter no cayó en los excesos de otros músicos que murieron de sobredosis. El artículo ponía de ejemplo a Jimi Hendrix, Janis Joplin y Elvis Presley. Pero a su manera persiguió lo mismo que ellos, y así terminaba: la autodestrucción.

—¿Qué es sobredosis?

Mi mamá recién se había bañado y estaba en el tocador, desenredándose su largo pelo con una peineta de dientes separados. Yo, detrás de ella en el reflejo, con una mancha de jugo de mora en la camisa blanca del uniforme, me veía acalorada. Ella fresca y yo sudorosa, como si viviéramos en países distintos.

—¿Te leíste el artículo?

—Sí.

Se giró para decírmelo.

—Es cuando alguien toma drogas de más.

—¿Y se muere?

—A veces.

—¿Por accidente?

—O a propósito.

—¿Por qué alguien lo haría a propósito?

Volvió al espejo y se siguió peinando.

—Ay, Claudia, pues porque hay gente que no quiere vivir.

Yo había oído del suicidio y creía saber lo que era, pero solo ahora empezaba a entenderlo. No era que de repente la persona cayera en un rapto de locura y se matara. No era algo que ocurría a pesar de sus deseos o intenciones. No era un juego o una broma que salía mal. Era que en serio la persona se quería morir.

Vi a mi mamá flaca, descolorida, con la nariz raspada de tanto sonarse, el pecho y los ojos hundidos. La vi de verdad.

—Mamá, ¿vos querés vivir?

Por un instante me miró en el reflejo. Al momento desvió los ojos.

—No preguntés bobadas —dijo.


—Papá, ¿hay gente que no quiere vivir?

Era domingo y Cali estaba desolada. Toda para nosotros.

—¿Gente que no quiere vivir?

—Mi mamá me dijo.

—¿Te dijo que había gente que no quería vivir?

—Como Karen Carpenter, que se mató de hambre.

Estábamos frente a la desembocadura del río Aguacatal.

—¿Tu mamá te dijo eso?

—Sí.

—La Carpenter tenía una enfermedad.

El río Cali corría manso por entre las rocas.

—La princesa Grace de Mónaco se tiró por un barranco.

—Fue un accidente.

—¿Cómo sabés?

—Lo dijeron en las noticias.

—¿Y Natalie Wood?

—Un accidente también.

—¿Lo dijeron en las noticias?

—Sí.

El Aguacatal, más pequeño, entraba tímido, como si no quisiera molestar.

—¿Vos alguna vez te has querido matar? —dije.

—No.

Mi papá, que había tenido la vista al frente, en el muro de piedra de la casona entre los ríos, me miró.

—¿Vos?

—Tampoco.

Sonrió.

—¿Y mi mamá? —dije con una voz chiquitica como la del Aguacatal.

—Claro que no —aseguró—. Yo no conozco a nadie que se quiera matar.

También sonreí y corrí al árbol del tronco tendido para escalarlo.


Entonces Gloria Inés se mató.

Mi mamá decía que Gloria Inés era lo más cercano que tenía a una hermana. No había fotos de ella en la pared del estudio, pero sí una en la mesita del bonsái, en un portarretratos de plata labrada. Era en blanco y negro. Estaban las dos, junto al samán del club. Mi mamá, una niña enclenque con un gran pelo largo, oscuro, abundante. Un pelo para un cuerpo que lo mereciera. Gloria Inés llevaba el suyo electrizado, gafas negras de gato y una minifalda que dejaba al aire sus muslos de potranca. Era mucho más alta que mi mamá y con curvas, ya una mujer.

En ese momento, me contó mi mamá, ella tenía once años y Gloria Inés dieciséis. Era tremenda. Fumaba y se maquillaba en el baño, salía con muchachos y se hizo novia de dos a la vez. El accidente fue por la época en la que les tomaron aquella foto.

Unos mellizos muy populares del club agarraron sin permiso el carro de los papás y Gloria Inés y su amiga se escaparon con ellos. Tomaron la Quinta, cogieron velocidad, se volaron un pare y, pum, contra un camión de mudanzas. Los mellizos sufrieron apenas unos rasguños, la amiga se rompió una vértebra y dos costillas y Gloria Inés se hizo su cicatriz. Un cordón que le bajaba en diagonal por la frente y le partía la ceja en dos.

Yo no la consideraba mi tía. La veíamos poco, si mucho un par de veces al año. Encima de que era alta, se ponía tacones y miraba sobre el hombro. Su voz era ronca, de antigua fumadora. Usaba base, sombras, pintalabios, las cejas repintadas y el pelo más erizado que de joven. Tenía dos hijos. Unos adolescentes feos y larguiruchos. El marido era más bajo que todos en esa familia. Un señor de pelo engominado y bigote negrísimos.

Cuando íbamos a su casa, los muchachos salían en pantaloneta, con el pelo enmarañado y las piernas blancas, como si nunca fueran al club. Nos plantaban un beso a mí y a mi mamá. A mi papá le apretaban la mano. No decían ni una palabra y volvían a sus cuartos. El marido hablaba del clima y las noticias. Mi papá afirmaba. Mi mamá respondía con algún comentario. Gloria Inés levantaba la ceja partida.

Su apartamento quedaba sobre la avenida de Las Américas, en el piso dieciocho. El muro del balcón era alto y para asomar la cabeza tenía que empinarme. La ciudad, abajo, lejísimos, se veía falsa, como una maqueta, con los árboles, los carros y la gente pequeñitos. El vacío sí se sentía real. Dieciocho pisos: un precipicio mortal. No como el de la escalera de nuestro apartamento, que solo lo parecía. Al mirarlo, me daba una cosa rica en la barriga y al mismo tiempo, porque imaginaba la caída, un susto horrible.

El piso de ese apartamento tenía manchas grises y castañas. Un desierto para las plantas de Gloria Inés. Ella tenía cactus, agaves y suculentas, y estaban apostados cual soldados, firmes y a distancia, en sus materas de barro, algunos con púas y como recelosos de la gente.


Aunque sus gustos eran tan distintos, mi mamá y Gloria Inés se admiraban las plantas. Ella, cuando venía a nuestro apartamento, se sentaba en el sillón, de cara al bosque de las más grandes.

—Podaste esos ficus —decía, por ejemplo.

—Estaban tan crecidos —explicaba mi mamá— que nos iba a tocar salirnos del apartamento.

Y en la casa de Gloria Inés, mi mamá:

—¿Cierto que antes esas colas de burro no estaban colgadas?

Las colas de burro eran unas plantas verde claro que caían como racimos de uva, y pendían del cielorraso del balcón.

—Las pobres andaban derramadas por el piso, largas, igual que unas culebras. Ya me daba miedo que me las pisaran.

Se las admiraban y competían.

La última vez que vimos a Gloria Inés fue en nuestro apartamento, en la época en que mi mamá iba los sábados al gimnasio y el mudo colgaba si no contestaba ella.

Los hijos y el marido, mientras Gloria Inés contemplaba la selva, se sentaron en el sofá de tres puestos. El marido seguro puso el tema del clima o las noticias. Mi papá asintió, mi mamá dijo cualquier cosa, los muchachos bostezaron, las palmeras los envolvieron y uno de ellos, por el roce, se sobresaltó. Gloria Inés subió la ceja partida.

—¿Vos les hablás y les ponés música?

—¿A las matas? —Mi mamá soltó una risita burlona—. Claro que no.

Por más que les limpiara las hojas una por una y se pusiera en cuclillas para arrancarles las malezas y removerles la tierra, sus cuidados eran fríos, lo mismo que se frota un adorno de bronce para que brille.

—Dicen que les gusta mucho —se defendió Gloria Inés—. Las mías están hermosas.

Mi mamá miró hacia su selva, fecunda, vigorosa, y yo entendí que decía ¿y es que acaso las mías no?

La última vez que supimos de ella fue el día de mi primera comunión, luego de las peleas y la muerte de Karen Carpenter.

Los preparativos me tuvieron muy ocupada. La catequesis con la directora de primaria. Aprenderme el nuevo y larguísimo credo, las oraciones, las respuestas de la misa, las canciones. Ir, con mi papá, porque mi mamá seguía mal de la rinitis, a las pruebas del vestido. No olvidar pedirle que fuéramos a misa los domingos. Portarme bien en todas las ocasiones.

La confesión fue dos días antes en la capilla del colegio. El pasillo era largo. Al fondo, entre pesadas cortinas rojas, colgaba el Cristo. Flaco, herido, con clavos, la corona de espinas y la cabeza humillada. Una visión aterradora. En el suelo estaba la tumba de la fundadora del colegio. Daba miedo allí dentro. El silencio encima de todo.

Me arrodillé en el confesionario. Le conté al padre, una sombra detrás de la malla, mis pecados. Que antes no iba casi nunca a misa. Que ahora no lo lograba todos los domingos. Que había visto mujeres desnudas en una revista *Playboy*. Que tenía malos pensamientos.

—¿Qué pensamientos?

—Que el esposo de mi tía huele feo y vive en la calle. Que mi papá en el fondo es una mala persona. Que mi mamá no tiene rinitis, sino pereza. Que mis papás se van a separar…

—¿Algún otro?

—Que mi mamá se va a matar. Pero ese ya no tanto, porque mi papá me dijo que no era cierto.

—¿Es todo?

—Sí.

De penitencia me puso a rezar un padrenuestro y un avemaría. Me levanté. Mientras me alejaba, antes de que la próxima niña llegara a confesarse, lo oí revolverse adentro del confesionario.


La noche anterior, mientras mi mamá tomaba su café con tostadas, le conté, porque era verdad, que el padre nos había dicho que era muy importante que todos los miembros de nuestras familias nos acompañaran en la ceremonia. Estábamos en su cama. Las dos sentadas, con las piernas cruzadas. Ella frente a la bandeja.

—Voy a estar allí, Claudia.

Por la mañana se levantó antes de nosotros. Se bañó y, por primera vez desde la pelea con mi papá, se puso ropa de salir y se maquilló. El vestido era negro, el pintalabios café y llevaba el pelo en una cola de caballo. No se veía alegre, pero casi era como si no tuviera rinitis.

Mi papá se puso saco y corbata. Yo, mi vestido blanco con mangas bombachas y listones. Ella me amarró el moño atrás y me sujetó el velo. Era la primera vez desde que tenía rinitis que hacía una cosa así por mí. Me pasó una cajita de terciopelo azul. La abrí. Adentro había una cadena de oro con un dije de angelito.

—Me la dio tu abuela el día de mi primera comunión. Ahora es tuya.

Me la puso y nos abrazamos.


La capilla estaba llena de flores blancas. Habían abierto las puertas laterales con vista al jardín del colegio y entraba la luz de la mañana. Ya no daba miedo. Las niñas nos organizamos en dos filas, cada una con una veladora en la mano, y la directora las encendió. Mientras caminábamos hacia el altar, cantando *A paso lento va la caravana por el sendero del alto peñón*, vi a mi tía Amelia en una de las bancas de atrás. Tenía una blusa brillante y los labios rojos. Al verme, sonrió.

Mis papás estaban lejos de ella, en una de las bancas de adelante, uno junto al otro, aunque mirando para lados distintos. Mi mamá hacia el altar y él a nosotras con su sonrisa de siempre. Todas estábamos vestidas igual y no creo que lograra distinguirme entre mis compañeras.

Traté de poner cuidado en cada parte de la misa. Era demasiado larga y me elevaba. El padre, que era joven y guapo y hacía que nos saliera una risita, ahora estaba tan serio y aburrido que no daban ganas de reírse.

Llegó el momento. Nos levantamos en orden y pasamos en pares al altar. Pensé que al recibir la hostia y el vino, que eran el cuerpo y la sangre de Cristo, sentiría un cambio profundo. Que, libre de pecado y tomada por Él, quedaría ligera, lista para volar.

Me concentré. Fue decepcionante. Lo único que ocurrió fue que la hostia se me pegó en el paladar y me pasé el camino de vuelta a la banca luchando para quitármela con la lengua, pero delante de mis compañeras, de María del Carmen, que tenía lágrimas en los ojos, fingí que había sido espectacular.

Al terminar la ceremonia nos reunimos con nuestras familias en el jardín. La mía era la única que no se tomaba fotos. Mi mamá se agachó, me felicitó, me dio un beso, se levantó y se fue caminando para la casa. Mi papá y mi tía, que esperaban a un lado, se acercaron. Fuimos a almorzar a un restaurante. Después me llevaron a la fiesta de María del Carmen en el club. Me olvidé de las peleas, de Gonzalo, de mi mamá y su rinitis, y fui feliz con mis amigas.

Cuando llegué a la casa mi mamá se paró de la cama. Me ayudó a quitarme el vestido. Mientras me ponía la piyama, lo dobló y lo metió en una bolsa para llevarlo a la lavandería. Fue a su cuarto y regresó con otra cajita en papel de regalo.

—Este es de Gloria Inés.

—¿Vino?

—Está indispuesta y lo envió con el marido.

La abrí. Era una esclava con mi nombre en letra pegada.

—Me encanta.

—Mañana la llamás a agradecerle.

El día siguiente era Domingo de Ramos. Supongo que la llamé, pero no recuerdo la conversación, si es que la hubo.

110

Mi papá trabajó de lunes a miércoles. Lucila se fue de vacaciones a su pueblo y pasamos la Semana Santa en la casa los tres solos. Días eternos de sol y películas de la pasión de Cristo. Mi papá en el estudio. Mi mamá a oscuras en la cama. La selva palpitando en el piso de abajo. La escalera como un abismo que de pronto se sentía más largo que los dieciocho pisos del apartamento de Gloria Inés. Yo siempre con Paulina para no sentirme tan sola, en la mesa, en el estudio, en el cuarto de mi mamá y en el mío.


Estaba de vuelta en el colegio, en clase de Español, con la profesora más querida, cuando tocaron a la puerta. La profesora abrió, habló con una persona que no se alcanzaba a ver desde donde yo estaba y miró al salón. A mí.

—Claudia, vinieron por vos.

—¿Por qué?

Se le veía en la cara que pasaba algo serio.

—Alistá tus cosas.

—¿Qué pasó?

Mis compañeras, en sus pupitres, me miraban. La profesora no respondió. Se acercó. Me ayudó a guardar los útiles y los cuadernos. Me pasó el brazo por la espalda y caminó conmigo hasta la puerta. Yo, con las piernas flojas, no me atrevía a imaginar nada. María del Carmen llegó con mi lonchera, que se me había olvidado, y me la entregó.

Afuera del salón estaba Lucila, ancha y bajita, con sus trenzas amarradas y la arruga, igual que una cicatriz, en el entrecejo. La profesora cerró la puerta. Lucila y yo quedamos en el corredor, vacío como no lo había visto antes. Por miedo a la respuesta, no fui capaz de preguntar nada.

—Se murió la señora Gloria Inés.

Lo primero que sentí fue alivio de que no fuera mi mamá. Lo segundo, creo que culpa de sentir alivio. Lo tercero, que eso no podía estar pasando.

—Mentira —dije.

Lucila, áspera como siempre, me miraba.

—Lo siento.

—¿Es verdad?

—Sí.

—¿Qué pasó?

—No sé, niña Claudia. Vamos para la casa que su mamá la está esperando.

Agarró mi lonchera y avanzamos por el corredor. El colegio antiguo y enorme, el cielorraso altísimo, las baldosas gigantes, en un silencio que hubiera sido total de no ser por el sonido plástico de nuestras pisadas.


Mi mamá estaba de pie al final de la escalera. Parecía una loca. Llorando, descalza, con la piyama blanca y el pelo desordenado sobre la cara.

Una loca o una aparición, la Llorona. Solté la maleta y subí.

—Todavía no puedo creerlo —dijo.

Le pasé la mano por la cintura y se dejó llevar a su cuarto. Nos sentamos en el borde de la cama.

—¿Cómo se murió?

—Se mató.

—¿Cómo así?

—Se suicidó.

—¿Cómo?

—Se tiró por el balcón.

—¿A la calle?

—Los dieciocho pisos.

Vi la caída. Gloria Inés dando botes en el aire. Cabeza abajo, cabeza arriba. Igual que la princesa Grace de Mónaco dentro del carro mientras se despeñaba. Gloria Inés estampada contra el andén. Larga y maciza. El pelo crespo abierto sobre el pavimento. Natalie Wood en asfalto.

—El marido dijo que estaba trepada en un banco regando las matas que tenía colgadas allí. Las colas de burro, ¿te acordás?

—Sí.

—Y que se volcó.

Yo aún tenía la mano en su espalda. Se la sobé. Se había adelgazado tanto que era como una torre de palitroques. Karen Carpenter.

—O sea que fue un accidente.

—Claro que no. Las colas de burro estaban hacia adentro, no en el borde, y nadie se vuelca en

113

un balcón. Ni siquiera creo que estuviera regando las matas.

—¿Entonces por qué el marido lo dijo?

—No puede decir que se tiró.

—¿Por qué?

—Para poder llevarla al cementerio.

—¿Cómo así?

—Está prohibido enterrar a los suicidas en el camposanto.

No podía creer lo que estaba oyendo:

—¿Por qué?

—Suicidarse es pecado mortal.

En la catequesis había aprendido que si una persona moría en pecado mortal, sin confesarse ni arrepentirse, no podía ir al cielo.

—¿Gloria Inés se va a ir al infierno?

El llanto de mi mamá se desató.

—Bueno —dije—. De pronto alcanzó a arrepentirse.

—Además le debe dar vergüenza —dijo cuando se calmó—. Gloria Inés tenía depresión.


Mi mamá se bañó, se vistió de negro y se recogió el pelo en una moña. Empezaba a maquillarse sentada en el tocador cuando llegó mi papá. Fue directo hacia ella. Se agachó. Mi mamá, que estaba de cara al espejo, se dio la vuelta. Por primera vez desde la pelea estuvieron así de cerca.

Se miraron. Ella lloró y él puso su mano sobre la de ella.

—Todo va a estar bien, mija.


Mis papás me dejaron en el apartamento de mi tía Amelia y se fueron al velorio. Mi tía me preguntó si estaba triste. En un impulso le dije la verdad, que no. Al instante, me sentí mal. Gloria Inés era la última pariente por el lado de mi mamá.

—Es que casi no la veíamos.

—No tenés obligación de estar triste.

—Sí me da impresión.

—A mí también, y eso que apenas la conocí.

—¿Se va a ir al infierno?

—¿Por qué lo pensás?

—Como se suicidó…

—¿Tu mamá te dijo eso?

Afirmé con la cabeza.

—Bueno, tu mamá lo cree así.

—¿No es cierto?

Hizo cara de que no podía saberse.

—Solo Gloria Inés tiene la verdad.

Mi tía me ayudó con las tareas. Jugamos dominó y comimos salchichas con papas de paquete y salsa de tomate. Se sirvió una copa de vino y yo me puse la piyama y me cepillé los dientes con el dedo, pues había olvidado empacar mi cepillo.

Ella se terminó la copa de vino, por fortuna no se sirvió otra, y se fumó el último cigarrillo en el balcón. Apoyadas en la baranda, miramos la noche, que estaba calmada y clara, como si faltara poco para el amanecer y toda la gente durmiera. Nos fuimos para el cuarto y nos acostamos. Ella en su cama. Yo con Paulina en la de Gonzalo. El aire que entraba por la puerta abierta del balcón inflaba las cortinas, que eran delgaditas, y al cabo se desinflaban y lo mismo otra vez.

—Tía, ¿vos te sentís sola?

Afuera la ciudad seguía en pausa.

—A veces.

—Paulina es mi muñeca favorita.

—Yo sé.

—Me acompaña a todo. A comer con mis papás, a ver televisión, a dormir. En Semana Santa no nos separamos ni un minuto. Gracias por regalármela.

—Fue con mucho gusto.

La luz de la calle entraba al cuarto y mi tía y yo nos reflejábamos en el espejo del tocador. Dos cuerpos pequeñitos en sendas camas. Al fondo, en el punto de fuga, como en los dibujos con perspectiva de mi clase de arte, la oscuridad no tenía fin.

—¿Vos te sentís sola, nena?

—A veces.

Por la calle pasaron unos caminantes y Cali volvió a la vida. Pasos, voces, el ladrido de un perro, el motor de un carro en la distancia.

—¿Te querés venir a mi cama?

—¿Con Paulina?

—Mejor vos sola.

Lo pensé un momento y me decidí. Dejé a Paulina bien acostada. La cabeza en la almohada, los ojos cerrados, la sábana hasta el cuello para que no sintiera frío. Mi tía y yo nos acomodamos en su cama. Quedamos de lado, mirándonos. Me pasó el brazo por encima. El olor del cigarrillo estaba pegado a su piel y también le salía de adentro, por la boca, como si tuviera la barriga llena de ceniza. Con ese olor sucio y el peso de su brazo, me dormí.


No me di cuenta cuando mis papás llegaron a recogerme. Me desperté a medias en el carro. Mi papá me bajó cargada. Me dejó en la cama de mi cuarto, a oscuras. Hizo una pausa en la puerta, que dejó abierta. Era una sombra encorvada. Con paso lento, salió a la luz del corredor y siguió, no hacia el estudio, sino al cuarto de ellos.

Se escuchó la voz de mi mamá:

—Dejó de tomarse los antidepresivos.

Me senté en la cama y los imaginé. Ella en el tocador, todavía vestida y con la moña, un clínex en la mano, el tarro de crema desmaquilladora en la otra. Él avanzando con su paso cansado hacia el perchero.

—Me lo dijo la amiga de ella, la que te presenté.

—¿La bajita?

—Esa. Llevaba dos meses en el cuarto, sin abrir las cortinas, viendo las mismas películas en el Betamax. *Historia de amor* y *Pide al tiempo que vuelva*. Varias veces pensé que hacía rato no hablábamos y me dije que debía llamarla…

Se quedaron en silencio. Mi mamá perdida en el espejo, imaginé, ya sin maquillaje, pálida, ojerosa y con la nariz raspada. Él, detrás de ella, en el reflejo. Un hombre agotado, con la camisa afuera, zafándose uno a uno los botones.

De nuevo, la voz de ella:

—Pero no la llamé. Y el marido y los hijos tampoco hicieron nada.


Mis papás volvieron a dormir juntos, a mirarse y a hablar. Ella seguía pasando tiempo en la cama, pero leía sus revistas, se bañaba, se peinaba, bajaba al primer piso, cuidaba las plantas y comía con nosotros.

Un domingo, semanas después de la muerte de Gloria Inés, salimos en familia. Era la primera vez desde la pelea. Mi papá manejaba y mi mamá iba al lado. Yo, atrás, en la mitad del asiento, con Paulina en mi regazo, no paraba de hablar. Que ya casito se terminaba el año escolar, que las tablas del siete y del nueve eran imposibles, que ojalá no perdiera Matemáticas ni me tocara habilitar, que sería rico irnos de vacaciones, que tan bonita que estaba mi mamá.

—¿Cierto, papá?

—Cierto.

Una vez un compañero de su colegio, con quien nos encontramos por casualidad en la ciudad de hierro, le preguntó si ella era su hija. Hoy también parecía que mi mamá fuera su hija. Andaba de bluyín, con una camiseta negra de cuello amplio que le dejaba un hombro al descubierto y el pelo en una cola de caballo juvenil.

—Claudia —dijo ella girándose hacia mí—, yo sé que estás emocionada, pero el esposo y los hijos de Gloria Inés andan muy tristes. Te tenés que calmar.

Sí, mamá.


Los hijos de Gloria Inés, igual que todas las veces, salieron de sus cuartos en pantaloneta y despelucados, saludaron con desgano y regresaron a sus cuartos.

—Están destrozados —dijo el marido.

Y mi mamá:

—No es para menos.

Ella puso el tema de las noticias. El marido trató de interesarse, pero pronto se quedó callado. Mi mamá, entonces, habló del clima. El marido, con el pelo y el bigote perfectos, sorbió de su taza de café y el único que respondió fue mi papá:

—Va a entrar el verano.

Sin Gloria Inés, nadie tenía de qué hablar, y afuera estaba el abominable balcón. Las colas de burro, largas y pálidas, colgadas delante de las vidrieras, a unos pasos del precipicio. Los cactus, los agaves y las suculentas adentro, desconfiados como siempre.

—¿Quién se está encargando de las matas? —dijo mi papá.

Mi mamá lo miró horrorizada y el marido enterró la cabeza en las manos.

Tras dos visitas fallidas, ya no volvimos más.


Unas semanas más tarde, cuando la vida estaba casi como antes de las peleas y de Gonzalo, la puerta del apartamento se abrió en el momento en que Lucila metía la llave en la cerradura. Era mi mamá, peinada, maquillada y vestida a todo color, con un pantalón festivo de franjas, una blusa blanca sin mangas y los tacones rojos. Verla así, en medio de la selva, me impresionó más que cuando la encontré llorando al final de la escalera.

—¿Qué pasó?

—Hola, tocaya —dijo sonriente.

Agarró mi maleta, la dejó junto a la escalera y fuimos al comedor.

—¿Pasó algo?

—Nada.

Lucila me llevó el almuerzo y regresó a la cocina.

—¿Cómo te fue hoy?

—Bien —dije esperando que en cualquier momento soltara la mala noticia. Que había estallado la bomba nuclear. O algo peor. Que anunciara que se iba de la casa porque mi papá era un monstruo, ella nunca había querido tener hijos, estaba cansada de las obligaciones y Gonzalo sí la hacía feliz.

—¿Te gustaría que pasáramos las vacaciones en una finca?

—¿Esto era lo que tenías para decirme?

—Sí.

Respiré.

—¿Los tres?

—Claro.

—¿Tiene piscina?

—Tiene chorrera.

—¿Dónde queda?

—En la montaña. En medio de unos precipicios que no te imaginás.

Me contó que en el centro comercial, mientras pagaba unos recibos, se había encontrado con Mariú y Liliana, unas compañeras del colegio de ella, de quienes yo nunca había oído hablar, que ellas se iban de vacaciones a Miami y estaban alquilando su finca.

—Cuando éramos chiquitas, su mamá desapareció allá.

—¿Cómo así?

—Puf, se esfumó.

Hablaba con una alegría que desde hacía mucho no tenía y, sobre todo, que no se correspondía con lo que estaba contando.

—No entiendo.

—Era una noche de mucha neblina. La señora salió en el carro y nunca llegó a su finca ni a su casa de Cali. Y ya nadie la vio más.

Quise saber exactamente dónde había desaparecido, cuándo, cómo, por qué y si ahora la señora estaría en el triángulo de las Bermudas, pero por mucho que pregunté, ese día mi mamá no soltó más. En cambio, me dijo que Mariú tenía dos hijas, Liliana, una, que las niñas eran de mi edad y que yo dormiría en el cuarto de ellas, un cuarto con muchos juguetes. También habló de la ropa que necesitaríamos. Camisetas para el día, pues el sol era picante, suéteres para la noche, cuando llegaba la neblina, y botas de caucho, por si llovía.

—Esta noche me ayudás a convencer a tu papá.


—¿Querés que vayamos a la finca de esa familia? —dijo mi papá.

—Ay, Jorge, no me digás que vas a poner problema por eso.

—¿Por la señora que desapareció? —dije.

Ni me miraron, y ella lo siguió recriminando:

—Vos con tal de quedarte en la casa y no hacer cambios te inventás cualquier cosa, ¿no?

Se regó diciendo que en Cali, con los guayacanes cundidos de flores, era imposible estar bien para una persona con rinitis. Me giré hacia el balcón. Los guayacanes eran una sola mancha rosada. No se entendía que no los hubiera notado. Ahora mi mamá decía que Mariú y Liliana tenían un pariente médico, alergista, y él recomendaba el aire de la montaña.

—¿Qué pariente? —dijo mi papá—, ¿el tío?

—No sé qué pariente, Jorge, no me dijeron. Pero vos sabés muy bien que hace años no tengo noticias de ningún miembro de esa familia.

Sin entender nada, yo miraba a una y otro. Luego a Paulina, sentada en su puesto, como queriendo que ella me explicara.

—¿De verdad no vas a dejar que vayamos? ¿Me vas a condenar a estar en Cali? ¿Es que no te das cuenta de lo mal que he estado? Necesito cambiar, salir, hacer algo diferente, ver otro paisaje.

Él se la quedó mirando y al fin concedió:

—El clima de la montaña te va a sentar bien.

# Tercera parte

Aprobé Matemáticas raspando, no me tocó habilitar y pasé el año en limpio. En la clausura me felicitaron. Mi mamá y yo empacamos las maletas y al día siguiente salimos en el Renault 12, con mi papá al volante y la bodega llena.

Tomamos la avenida del río. Hicimos el retorno en el segundo puente. Paramos en la gasolinera diagonal al supermercado para llenar el tanque y agarramos la carretera al mar. A medida que subíamos, la distancia entre las casas se espaciaba hasta que hubo más verde que construcciones y Cali quedó enterrada en el valle.

Yo iba arrodillada mirando por el vidrio de atrás. Me di la vuelta y me senté junto a Paulina. En una curva cerrada, ella se cayó de lado. La enderecé. Pasamos ciclistas, casitas, una iglesia, más casitas y ciclistas y, al lado izquierdo, empezaron las fincas. La vegetación era chaparra y pálida y la tierra, naranja. Al lado derecho, a lo lejos, había unas montañas puntudas y entre ellas y nosotros un precipicio que se hacía cada vez más hondo.

—Me estoy mareando.

Mi mamá me dijo que abriera la ventanilla. La manija era dura y me costó hacerla girar, pero al fin lo logré y entró un viento filoso.

—¿Necesitás una bolsa?

La carretera bordeaba el desfiladero. No había protección sino en algunas partes, las más peligrosas, una barrera de lata que si mucho detendría una bicicleta.

—Claudia…

—No.

—Si te dan ganas de vomitar, avisás.

No podía dejar de mirar el abismo.

—Claudia…

—Sí.

En comparación, la escalera de nuestro apartamento era un chiste, los dieciocho pisos de Gloria Inés, una tontería, y en cada curva el carro lo besaba.

—¿Qué pasa si nos caemos?

—No nos vamos a caer.

En algunos puntos había cruces blancas, con ramos de flores, los nombres de las personas que se habían despeñado y las fechas de los accidentes.

—Nos mataríamos igual que la princesa Grace.

—No nos vamos a caer, niña.

—El carro quedaría peor que el de ella.

—Ya dejá ese tema.

Se acabaron las fincas, la vegetación desteñida, la tierra naranja, y en ese lado quedó una pared de roca gris con arrugas y puntas. Llegamos a la curva del cerezo, agudísima, la más larga de todas, y mi papá tuvo que controlar muy fuerte el timón con las dos manos. El precipicio, oscuro, era la boca abierta de la tierra. De nuevo Paulina se cayó y al salir de la curva la enderecé.

La pendiente se suavizó, la vegetación se hizo bosque y en lugar del desfiladero aparecieron lomas y llanos, con puestos de leche de cabra, restaurantes, fincas y desvíos sin pavimentar.

—¿Cómo vas? —dijo mi mamá.

—Bien.

—¿Se te pasó el mareo?

—Sí.

En Cali el día estaba caluroso, con un cielo azul de nubes popochas. En la montaña hacía fresco, el cielo estaba blanco y, aunque fuera de mañana, parecía que el atardecer estuviera cerca. Le di vueltas a la manija hasta que conseguí cerrar la ventanilla. Pasamos el restaurante de troncos en donde habíamos comido arepas con aguapanela cuando fuimos a La Bocana con mi tía Amelia y Gonzalo.

Mi mamá dijo que faltaba poco para el desvío y fue como si el trayecto se alargara. Un par de veces mi papá preguntó si era por el siguiente. Mi mamá negaba. En el punto más alto, antes de que la carretera se descolgara en su camino hacia el mar, hizo una seña.

—Es por allí.

Mi papá puso la direccional. Entramos por una carretera estrecha y sin pavimentar. Casas, restaurantes, un bosque con árboles chorreados de musgo como brontosaurios masticando algas. Solo se oían el motor del carro y las piedras que se apartaban al paso de las llantas. El bosque se abrió a un precipicio peor que el de la carretera principal, más negro y espeluznante. Volvió el bosque a ambos lados, otro precipicio y, entonces, las fincas.

Las fincas que yo conocía eran viejas, de estilo colonial, con paredes de barro y corredores, o planas, unas casas modestas, con olor a humedad.

Esta, por fuera, se veía como las fincas sin gracia. Un muro de piedra con una puerta. Nos dimos cuenta de que era impresionante apenas el mayordomo la abrió. Un rectángulo sembrado en el borde del acantilado, con ventanales inmensos y vistas hacia las montañas y el cañón.

Aunque tenía años de construida, era moderna, con pisos y muebles estilosos como las casas de Cali. Al mismo tiempo era rara. Los cuartos quedaban arriba, en el piso de la entrada, alrededor de una escalera sin barandas que bajaba a las zonas sociales, las gradas agarradas a la pared de piedra, igual que las teclas negras de un piano.

Mi papá y el mayordomo iban adelante con las maletas grandes. Yo tenía a Paulina en brazos y mi morral con más juguetes en la espalda. Mi mamá, a mi lado, llevaba su cartera al hombro y unas bolsas con el mercado.

—Tiene la misma marca de nuestro apartamento, ¿sí ves?

—¿Cómo así?

—El dueño también hizo nuestro edificio. Es arquitecto.

—¿El esposo de la desaparecida?

Mi mamá me miró con los ojos como látigos y luego buscó al mayordomo. Se llamaba Porfirio y era un tipo joven, de piel clara y pelo castaño, con ojos separados de pajarito. Prudente, fingió que no había escuchado y entró con las maletas en el cuarto principal.


Mi papá y Porfirio se fueron a recorrer la propiedad. Mi mamá y yo nos quedamos en el cuarto principal, ella desempacando las maletas y yo mirando todo.

En la cama cabían cuatro personas o más. El baño era otro cuarto, con tres ventanas, dos lavamanos, una tina, todo blanco, el piso y las paredes, los muebles, los jarrones con flores cortadas del jardín. En el clóset se podía hacer una media luna sin golpearse con nada. El ventanal frente a la cama iba del piso al techo y de pared a pared.

Dejé a Paulina en la cama, en donde mi mamá tenía las maletas, y fui a abrir las cortinas de gasa

131

y las puertas corredizas. El cuarto se convirtió en una terraza. Salí. Me agarré de la baranda de acero negro y un viento de alfileres me pinchó la cara.

La vista era increíble. El cañón, amplio en ese punto, estaba cubierto por una alfombra verde de bosque, que se oscurecía conforme subía por las montañas. En las paredes más altas y verticales el bosque desaparecía y quedaba la roca pelada, con el color y la forma de una papa vieja. Y detrás de ellas, más y más montañas picudas y azules en la distancia como un mar erizado.

—Yo podría haber sido cuñada de Rebeca —dijo mi mamá.

—¿De quién?

—De la desaparecida.

Solté la baranda y me di la vuelta.

—Contame.

—Tu papá no soporta que hable de esto. Además, él y tu tía dicen que te doy demasiada información.

—Por favor —rogué.

Se quedó mirándome, tratando de decidir, y al fin dijo:

—Tocaya, te lo advierto: ni una palabra a tu papá.


Rebeca, me contó, era hija de unos irlandeses que llegaron a Cali tras la Primera Guerra Mundial. Los O'Brien. Sus hijos se criaron como cale-

132

ños. Vivían en San Fernando, eran hinchas del Deportivo Cali y socios del club. Los cuatro varones se hicieron nadadores. Rebeca, la única mujer, fue elegida reina del club, de la ciudad y del departamento.

—Era hermosísima. Alta, rubia, de ojos azules, con un cuerpazo. Una mujer que resaltaba en Cali, donde somos más bien bajitas y morenas.

—¿Vos la conociste?

—Claro, era la mamá de mis amigas del colegio. Tu abuela, que estudió con ella, decía que la gente interrumpía lo que estaba haciendo para mirarla pasar. Era la representante del Valle en el Concurso Nacional de Belleza, pero antes de viajar a Cartagena renunció para casarse con Fernando Ceballos, un arquitecto bogotano que estaba haciendo fama en Cali, y la virreina tuvo que reemplazarla.

Rebeca y Fernando, siguió contando mi mamá, tuvieron dos hijas, dos carros y dos casas. No eran amigos íntimos de mis abuelos, pero se veían y se saludaban en el club y en las fiestas. Entre semana los Ceballos O'Brien vivían en su casa de Cali, en el barrio del supermercado, una casa grande junto al río. Los fines de semana y las vacaciones los pasaban en su finca de la montaña.

Era sábado y subieron temprano. Almorzaron y pasaron la tarde con las niñas. Por la noche las dejaron con la nana y se fueron para la fiesta de aniversario de unos amigos del club. La finca de los amigos quedaba en la vereda de abajo, a menos de diez minutos en carro. El Land Rover de Fernando estaba en el taller y andaban en el de Rebeca, un Studebaker verde oscuro.

Mis abuelos estuvieron en esa fiesta y contaron que ya entrada la noche, cuando la gente tenía unos tragos encima, mi abuelo fue con unos amigos a fumarse un tabaco en la terraza. Fernando y Rebeca estaban allí discutiendo. Mi abuelo y los amigos vieron cuando ella le arrebató las llaves del carro y se fue.

—¿Por qué peleaban?

—Dizque él era tremendo.

—¿Cómo tremendo?

Mi mamá puso cara de no seás tan ingenua, Claudia, y contestó con la voz baja que usaba para hablar de temas escandalosos.

—Le gustaban las mujeres.

—¿La pelea fue porque estaba con otra?

—No tendría nada de raro.

Solita de Vélez, la amiga de mi abuela, salió del baño en el momento en que Rebeca cruzaba la puerta de la casa hacia el parqueadero.

—¿Para dónde vas?

—Para mi casa.

—¿Y Fernando?

—Se queda otro rato.

—¿Estás bien?

—De maravilla.

Rebeca se despidió con la mano. Tenía un vestido blanco de manga larga, con un escote profundo en la espalda, y el pelo atado en una moña. Afuera la neblina estaba tan espesa, dijo Solita, que el fuego de las antorchas apenas se distinguía.

—Manejá con cuidado.

Rebeca siguió hacia el Studebaker y Solita se quedó viéndola hasta que se montó, arrancó y la neblina se tragó primero el carro y luego el sonido del motor.

—Fue la última persona que la vio.

—¿Ahí desapareció?

Mi mamá dijo que sí con la cabeza.

—Fernando y los hermanos la buscaron por toda la montaña, con ayuda de socorristas, voluntarios y perros entrenados. Nunca encontraron señas de un accidente.

—Entonces no se accidentó.

—A Fernando lo llamaban a decirle que la habían visto en el aeropuerto, en un hotel, en otra ciudad, otro país…

—¿Quién lo llamaba?

—Anónimos, decían que estaba con un hombre.

—¿Se voló con otro?

—La gente habla mucho, Claudia. De pronto era que veían una mujerona rubia, de ojos azules, y pensaban que era ella. O querían la plata. La familia ofreció una recompensa para quien ayudara a encontrarla.

—¿Y nada?

—Nada. A Michael, el hermano mayor, una vidente le dijo que Rebeca estaba viva, pero impedida para volver por sus propios medios, en un lugar lejano, rodeado de agua. Patrick, el menor, se figuró que era Irlanda, la isla de donde venían sus papás, y fue a buscarla.

—Y no la encontró.

—No.


Mi mamá conoció a Patrick mucho tiempo después, cuando él regresó de Irlanda y en Cali ya no se hablaba de la desaparición de Rebeca ni llamaban a Fernando Ceballos a darle pistas falsas. De él se seguía diciendo que era mujeriego, pero no se le conocieron novias oficiales ni se volvió a casar.

Patrick tenía treinta y cuatro años. Estaba separado de su esposa irlandesa, según contaban Mariú y Liliana, sus sobrinas, porque ella había querido asentarse y tener hijos mientras que a él lo único que le interesaba era navegar. Tenía un velero y le había dado la vuelta a Irlanda. Ahora planeaba recorrer el Caribe, saliendo desde Cartagena, y para mantenerse en forma nadaba en el club.

Eran unas vacaciones. Mi mamá tenía dieciséis años y se la pasaba asoleándose con Mariú y Liliana. Los muchachos de la edad de ellas jugaban a la lleva, se tiraban en bomba y armaban alboroto, mientras Patrick se deslizaba por el agua sin ningún esfuerzo. Cuando terminaba, iba al borde de la piscina, las saludaba, les ponía charla y las hacía reír.

—Tenía el pelo cobrizo, la piel tostada, los ojos azules, dos pepotas como piedras preciosas en el desierto. Yo pensaba que se acercaba por sus sobrinas.

—¿Y no?

—Un día ellas no estaban y él de todas maneras se acercó. Vos no te das cuenta, ¿no?, me dijo. Y yo: ¿de qué? De que es por vos. ¿De que es por mí qué?, haciéndome la que no entendía porque me daba pavor que no fuera verdad.

Desde ese día se siguieron viendo en la parte de atrás del club. Yo conocía ese lugar. Un solar amplio y desaprovechado, con árboles grandes, a donde nunca iba nadie. Mariú y Liliana les servían de cómplices, y a veces Gloria Inés, que ya estaba casada y recién había tenido a su primer hijo.

—Vos sí que sos suertuda, mija —le decía a mi mamá mientras le daba tetero o le sacaba los gases al bebé.

Patrick le contaba a mi mamá sus aventuras de navegante. El frío del norte, un frío de verdad, no el fresquito que hacía en las montañas de Cali. Las tormentas. El mar enfurecido. Los días de poca comida. Los trabajos que le tocaba hacer en los puertos para sobrevivir. También le hablaba de las cosas buenas. El mar en calma. El mar inmenso. La libertad.

Ella se moría por que la invitara a viajar con él, pero él le dijo que estaba seguro de que una señorita decente no estaba hecha para esa vida.

—Cómo se ve que no me conocés.

—¿Te gustaría? —se asombró.

—Pues claro.

Empezaron a hacer planes para irse juntos. Recorrerían el Caribe, el Atlántico, el Mediterráneo, todos los mares. Visitarían los puertos importantes y otros que en Cali nadie había oído mencionar. Vivirían una temporada en los fiordos de Noruega, en un caserío de pescadores en Costa de Marfil, en una isla del Pacífico sur… Una tarde, muy serio, él le preguntó si quería tener hijos.

Mi mamá se interrumpió.

—¿Y vos qué le dijiste? —pregunté.

Ella, con vergüenza, desvió los ojos.

—Que no.

Ahora yo era la niña mojada del club a la que le abrieron el pecho para arrancarle el corazón.

—Tenía dieciséis años. No estaba pensando en esas cosas. Era una niña.

—¿Y entonces?

Entonces Patrick fue a hablar con mi abuelo y se encerraron en el estudio. Mi mamá, ansiosa, quería quedarse en la sala para verles la cara cuando salieran. Mi abuela le dijo que una señorita decente no se comportaba así, que debía tener dignidad y darse importancia, y a mi mamá le tocó irse para su cuarto a esperar. Esperó y esperó y, al cabo de una eternidad, mi abuela entró.

—Claudia, lo siento.

Mi mamá pensó que estaba oyendo mal, pero mi abuela siguió:

—Tu papá dijo que no.

Mi mamá se quedó muda. Mi abuela se sentó en la cama.

—¿Qué esperabas? Es un hombre separado.

—Yo sé, pero…

—Está casado por la Iglesia. No se puede divorciar.

—Nos podemos casar por lo civil.

—¡Cómo se te ocurre! Además no es profesional, no tiene trabajo, plata, planes serios en la vida…

—Tiene un velero y vamos a navegar por el Caribe.

Mi abuela negaba con la cabeza.

—Y luego por el mundo —añadió mi mamá.

—¿De qué van a vivir? A ver.

—En los puertos siempre hay trabajo.

Mi abuela se cruzó de brazos.

—¿Haciendo qué?

—En Irlanda trabajaba limpiando motores de barcos.

—¿Te querés casar con un mecánico?

—También en tabernas y posadas.

—Ah, con un camarero.

—Patrick es un explorador.

—¡Por Dios! ¡¿Qué clase de vida te daría?!

—La vida que yo quiero.

—¿Pasar trabajos? ¿Aguantar hambre? ¿Eso querés?

—No tener rutinas ni obligaciones, viajar, vivir con libertad.

—Ay, niña, no sabés lo que estás diciendo.

—Tengo dieciséis años, ya no soy una niña.

—Y él treinta y cuatro. Es mucho mayor que vos.

—A mí me gustan mayores.

Mi abuela se levantó. Larga y flaca, la vi, una cobra erguida.

—Yo sé que algún día vas a entender que él no te convenía —dijo antes de salir.


De nuevo, mi mamá se interrumpió.

—A esa edad —me explicó— uno piensa que ya es grande, pero en realidad no lo es.

—¿Y qué pasó?

Al día siguiente se encontró con Patrick en la parte de atrás del club y le dijo que estaba dispuesta a escaparse. Él bajó la mirada.

—¿Qué pasa?

—Que tu papá tiene razón: esta vida no es para vos.

Le acarició la mejilla y le dio un beso corto. Luego se dio la vuelta y empezó a alejarse y ella se quedó allí, en ese baldío de árboles que hacían oscuridad y no dejaban que creciera el pasto, viéndolo por última vez.

Gloria Inés, con el bebé recostado sobre el hombro, se acercó a mi mamá. Le pasó el brazo por la espalda y le prestó el otro hombro para que llorara.

Patrick se fue a navegar por el Caribe y mi mamá estuvo el resto del año llorando y sintiendo rabia con mis abuelos y más tarde con Patrick por haberlos obedecido y no volarse con ella.

—Me dio una rinitis horrible. No dormía, no comía, no iba al colegio. Por poco pierdo quinto de bachillerato y tuve que habilitar tres materias.

En sexto se enteró de que Patrick se había casado en Puerto Rico con la hija de una isleña y un gringo, dueños de un hotel de cinco estrellas en la playa. Lo odió. Odió a la nueva esposa. A las personas que encontraban el amor y se casaban, y quiso convertirse en una mujer que no necesitaba de nadie, una abogada implacable, pero mi abuelo no la dejó ir a la universidad.

Ahora interrumpí yo:

—Entonces cuando le dijiste que querías estudiar estabas brava.

—Furiosa.

Mi abuelo en camisilla, grande, peludo, barrigón, y ella desafiante en lugar de tímida.

—Quiero estudiar en la universidad.

Mi abuelo sorprendido por el atrevimiento.

—Derecho.

—Cuál universidad ni Derecho ni qué ocho cuartos. Lo que hacen las señoritas decentes es casarse.

Mi mamá no chiquitica sino rencorosa, no retrocediendo sino mirándolo fijo, con el odio hinchado en los pulmones.

Y él se murió y las dejó en la ruina. Mi mamá se graduó del colegio, cambió de barrio y de vida y no volvió al club ni a ver a las hermanas Ceballos O'Brien. Gloria Inés, que seguía yendo al club, supo que estaban de novias de dos hermanos bogotanos y arquitectos igual que su papá.

—Se casan este año —le contó a mi mamá.

—A mí que no me inviten.

Gloria Inés, con las manos en la barriga, pues esperaba a su segundo hijo, la miró con los ojos abiertos.

—Son tus amigas del colegio.

—Eran. Y ya no quiero saber más de ellas ni de ningún miembro de esa familia. ¿Me oíste?

—¿Y qué dijo Gloria Inés?

—Nada. No me contó más de ellas, ni me invitaron al matrimonio.

—¿Será que les dijo que no lo hicieran?

—Quién sabe.

—Y te hiciste voluntaria del hospital y conociste a mi papá.

—Ajá.

Mi mamá agarró una pila de ropa y fue al clóset. Paulina, sentada en la cama de cara al ventanal, parecía mirar la vista. El cielo pálido y las nubes, debajo de las montañas, corrían tan rápido que daba la impresión de que era la casa la que se movía. Mi mamá salió del clóset.

—¿Mi abuela tenía razón?

—¿En qué?

—¿En que algún día ibas a entender que Patrick no te convenía?

Se detuvo confundida. Fue solo un instante, pero lo sentí tan largo como los años que habían pasado desde que mi abuela le hizo la advertencia.

—Hay algunas cosas en las que es mejor no pensar —dijo.

Siguió caminando, llegó a la cama y sacó otra pila de ropa de las maletas.

—¿Y qué creés que pasó con Rebeca?

—Que quería desaparecer.

De un momento a otro, las nubes se disipa-
ron. Salió el sol, el cielo se puso azul y todo se
avivó, como cuando le ponen color a una foto
vieja. Las siluetas de las montañas lejanas, el verde
de los bosques, las flores del jardín, los árboles, el
pasto perfecto, como si fuera de plástico…

Anita, la mayordoma, nos sirvió el almuerzo
en la pérgola. Quedaba al lado de la casa y era de
hierro forjado. Por una de sus columnas trepaba
una veranera grande, con el tronco grueso, cargada de flores púrpuras, que abría sus ramas por
encima y servía de techo. El almuerzo eran fríjoles
con arroz, chicharrones, patacones y aguacate.
Anita, blanca como su marido, tenía el pelo negro
ensortijado y una sonrisa tímida para todo.

—Gracias, Anita.

Sonrisa tímida.

—Muy ricos los fríjoles.

Sonrisa tímida.

Anita nos dejó y mi papá puso su mano sobre
la de mi mamá.

—¿Estás contenta?

El sol se filtraba por las ramas de la veranera.
Dos mariposas rojas y un picaflor diminuto vola-

145

ban en torno a las flores. El riachuelo que corría por la propiedad, con el agua bajando entre las piedras, sonaba leve como unas campanitas.

—Mucho —dijo ella, con una mirada que quería abarcar la naturaleza y las construcciones—. ¿No es espectacular esta finca?

—Sí —dije.

Paulina, sentada con nosotros a la mesa, de espaldas al precipicio, con su carita plácida y las pestañas onduladas, parecía tan complacida como yo.


Al atardecer Porfirio bajó a la casa y cerró los ventanales.

—Pa que no se les meta el frío.

No fue sino decirlo para que se metiera. Un frío húmedo que hacía que la ropa y todo lo demás, hasta el aire que respirábamos, se sintiera pesado. Estábamos en la sala grande. Mi papá leía el periódico. Mi mamá, una revista. Yo, frente a la mesa de centro, sentada en el suelo sobre un tapete acolchado de mechas largas, armaba un rompecabezas de dos mil piezas que encontré en el estudio. Un paisaje europeo con laguna, molino y caballos.

—¿Prendo la chimenea? —dijo Porfirio.

—Por favor —pidió mi mamá.

Mi papá fue con Porfirio a la sala de atrás y se pusieron a trajinar. Mi mamá dijo que era hora de ponernos los suéteres. Dejó la revista, se levantó y subió la escalera. Yo tenía la intención de ir detrás de ella, pero al pararme y alzar la mirada, me quedé hipnotizada. Ahora sí faltaba poco para el atardecer.

El cielo se había cubierto y la neblina, gruesa, flotaba en las cumbres de las montañas. Era una mancha blanca con forma de ameba. La vi extenderse, acercarse, llegar a la casa y rodearla, como si no quisiera quedarse por fuera y buscara las ranuras de las puertas o cualquier otro agujero para colarse.

Afuera todo quedó blanco y adentro se hizo la penumbra.

—¿No has ido por el suéter? —dijo mi mamá cuando regresó con el suyo puesto.

La casa, encajonada por la neblina, era otra. Estrecha y roma, una casa falsa igual a las de la televisión.

—Movete, pues —me insistió.

Subí y me puse el suéter. El cuarto de las niñas era grande. Tenía tres camas, cada una recostada contra una pared distinta, formando una u. Dos baúles, entre las camas, hacían de mesas de noche. Había repisas con muñecas, juguetes y la enciclopedia *El mundo de los niños*. Agarré el tomo «Lugares maravillosos» y me senté en la cama.

Vi una estatua, más grande que cualquier edificio, de un hombre desnudo con la pirinola al aire. Vi pirámides, jardines colgantes, una choza flotando en un río, cataratas, géiseres, volcanes, nevados, rascacielos, palacios y templos. Mi mamá me llamó a comer y bajé con Paulina.

Era de noche. Las luces de la casa estaban encendidas. Porfirio se había ido y la chimenea ardía en la sala de atrás. El fuego y los bombillos se reflejaban en los ventanales. El resto era negro y parecía que en el mundo no hubiera más que esa casa, un planeta solitario en el espacio.

Mi papá estaba en el comedor, de espaldas al ventanal más largo. Senté a Paulina en la cabecera y me hice al lado de él. Mi mamá, en la cocina, que era abierta, preparaba la comida. El pelo le llegaba hasta la media espalda. Lo tenía liso y brillante, se lo debía haber cepillado cuando subió a ponerse el suéter, y daban ganas de pasarle la mano. Abrió la tapa de la waflera, sacó unos sándwiches humeantes, los trajo a la mesa y se sentó frente a mi papá. Él sirvió el fresco de naranja.

—¿Cuántos años tenían Mariú y Liliana cuando su mamá desapareció?

Mi papá miró a mi mamá:

—¿Han estado hablando de eso?

—Dejá el jugo, Claudia —dijo mi mamá—. Primero comete el sándwich.

—No es un tema para hablar con la niña.

—¿Qué hago? ¿Se lo oculto? ¿Le miento?

—¿Cuántos años tenían? —insistí.

Él negó con la cabeza. Ella hizo memoria.

—Creo que Mariú y yo estábamos en tercero. Liliana era un año menor.

—¿O sea ocho?

—Por ahí —confirmó—. Teníamos tu edad y Rebeca, la mía.

—Entonces Paulina tiene razón: ella no quería desaparecer.

—¿Paulina te dijo eso?

Masticando, dije que sí.

—¿Ahora habla?

—Sí, y me dijo que una mamá nunca abandonaría a sus niñas, menos si son pequeñas.

Mis papás se miraron. Luego miraron a Paulina, en la cabecera de la mesa, perfecta con su vestido verde y el pelo de mi mamá.

—¿Desde cuándo habla? —preguntó ella.

—Desde que llegamos acá.


A la mañana siguiente, cuando me desperté, mi papá ya se había ido al supermercado. Como le tocaba agarrar carretera, salía más temprano que en Cali, y yo, como estaba en vacaciones, dormía hasta tarde. Desayuné con mi mamá y luego abrimos los ventanales. El cielo estaba limpio, como si le hubieran sacado brillo. Pronto el sol subió por encima de las montañas y el frío se quebró. Nos pusimos los vestidos de baño y fuimos a la chorrera, que quedaba en la terraza, a un lado de la casa.

La terraza era amplia, con piso de piedra y barandas de acero negro en el precipicio. Tenía la misma vista del cuarto principal. El cielo, el cañón, el bosque, las montañas. Solo que abierta, sin paredes ni techo, y por eso más imponente. Las personas en medio de ese paisaje no éramos nada, figurines de cartón, unos punticos en la inmensidad.

La chorrera era toda de piedra. Porfirio abrió la compuerta del riachuelo y el agua, poderosa, se derramó. Él se fue y mi mamá y yo nos recostamos en unas sillas largas. Ella con una revista *¡Hola!* y una pava de iraca para cubrirse del sol.

Estuvimos un rato en silencio, dejándonos tostar. Entonces ella dijo algo que, por el ruido de la chorrera, no escuché.

—¿Qué?

—Que a ella le gustaba el trago.

En la portada de la revista había unos novios, Paquirri e Isabel Pantoja. Él, con hoyuelos, los ojos verdes y un traje corto, y ella, de pelo azabache, con un velo blanco de varias capas y una tiara de brillantes.

—¿A quién?

—A Rebeca. En el club uno siempre la veía con un trago. Las niñas en la piscina y ella con un vino blanco.

—¿Esa noche había tomado?

—¿La noche de la desaparición? Pues claro, Claudia, no seás tan ingenua. Y seguro algo más fuerte. Por las noches, decían las señoras del juego de lulo, tomaba whisky.

Sentí que me incendiaba. El calor de las montañas no se parecía en nada al calor de Cali en las tierras bajas. Mordía como un ají. Me levanté y sin pensarlo, sin tantear primero el agua, me metí. Creí que la cabeza me estallaría y que mis huesos se volvían de gelatina. Estar debajo de la chorrera era como gritar en una tierra solitaria, en un desierto frío, en un páramo.

Mi papá no subió a almorzar. Le quedaba muy duro bajar y subir dos veces en el mismo día, así que, entre semana y los sábados, mientras estuvimos en la finca, almorzaba en la casa de mi tía Amelia.

Anita nos sirvió a mi mamá y a mí en el comedor. Sonrisa tímida. Cuando terminamos, levantamos los platos y tratamos de llevarlos a la cocina, pero ella no nos dejó.

Mi mamá propuso que fuéramos a caminar. En Cali nunca salía con mi papá y conmigo y la miré sorprendida.

—¿Qué tiene de raro? —dijo.

Nos pusimos bluyines, camisetas y botas de caucho y nos amarramos unos suéteres en la cintura por si se nublaba y hacía frío. Subimos por el empedrado, abrimos el portón de acero negro y salimos a la carretera sin pavimentar.

Caminamos despacio, mirando las casas, que eran viejas y nuevas, de ladrillo o madera, con ventanas grandes y ventanas pequeñas, techos empinados o tendidos. Había de todo y tenían jardines llenos de flores y árboles frutales, cercos de pino y perros que desde adentro nos ladraban o movían la cola.

Nos cruzamos con otra pareja de caminantes, unos viejos con sombreros y bastones, un campesino que cargaba un pesado bulto en los hombros y una cabalgata de muchachos fiesteros que llevaban una grabadora gigantesca, con música en inglés, y se pasaban una caneca de aguardiente.

Vimos una banda de periquitos verdes con marcas azules alrededor de los ojos, una vaca solitaria que pastaba en un terreno sin árboles y dos quebradas de peñas grandes y aguas ruidosas como un grupo de gente brava.

Llegamos a un tramo de bosque donde el mundo se oscurecía. Había árboles cargados de musgo, plantas de hojas grandes, troncos caídos pudriéndose en el suelo y un poste de luz tomado por una pelusa naranja como el óxido. Seguía una curva y al final de la curva, un precipicio. Nos acercamos. Despacio, inseguras. Unos árboles flacos se agarraban a la pared rocosa de la montaña y enseguida el terreno se desbarrancaba como si lo hubieran tajado con un hacha.

Me sentí chiquitica, la bebé que miraba la escalera de nuestro apartamento detrás de la reja de seguridad, pero sin la reja. Yo, sin nada más que mi cuerpo, ante un despeñadero de verdad. En ese punto el cañón era estrecho y, abajo, el río, que recogía las quebradas y riachuelos de la montaña, estaba tapado por la vegetación, una selva sin domesticar.

Pensé en las mujeres muertas. Asomarse a un precipicio era mirar en sus ojos. En los de Gloria Inés, igual de altiva que una yegua y más tarde reventada contra el andén. Miré a mi mamá, que estaba inclinada como yo hacia el abismo.

—Mejor volvamos —dijo.


En la finca, la casa y la terraza, con los ventanales y las barandas, servían de protección. Solo había una zona que daba directo al abismo, afuera, sin más barrera que una valla de madera. Quedaba junto al lindero de los eucaliptos, cerca de las pesebreras de los vecinos. Al regreso, mi mamá siguió derecho para la casa. Yo me quedé mirando la zona desprotegida.

La valla era bajita, apenas a la altura de mi pecho, y no parecía muy fuerte. Unos palos de madera. El vacío, a dos pasos, no tenía árboles que lo cubrieran. Caminé en esa dirección, al principio con reserva y luego decidida. Quería vérmelas de nuevo con el abismo, sentir la cosa rica en la barriga y el miedo, las ganas de saltar y de alejarse. Porfirio, que estaba barriendo las hojas caídas, soltó el rastrillo y corrió hacia mí.

—Es mejor que no vaya para allá —dijo jadeando—. Esa valla no es segura. A cada rato los maderos se pudren y hay que reemplazarlos.

Me detuve. Lo miré.

—No queremos que se caiga al barranco, ¿diga?

Vi mi cuerpo cayendo hacia la nada verde que había allá abajo.

—No.

—Si quiere ir a las pesebreras yo la llevo.

Seguro pensaba que quería ver los caballos, que era eso lo que me atraía.

—Me dice y nos vamos por afuera, por la carretera, no por este lado.

Asentí, todavía sugestionada con la visión de mi caída.


Por la tarde Porfirio bajó a la casa a cerrar los ventanales y encender la chimenea. La neblina, igual que antes, se la tomó por fuera, pero esta vez no era espesa sino ligera, lo mismo que un velo.

La casa quedó en silencio. Era como estar en una pecera. No me habría extrañado que un ojo gigante se asomara a mirarnos.

Porfirio se fue, mi mamá y yo nos pusimos los suéteres y ella se recostó en el sofá con la *¡Hola!* de Paquirri e Isabel Pantoja. Me puse a trabajar en el rompecabezas y cuando alcé los ojos ya era de noche.

—¿A qué horas llega mi papá?

Mi mamá miró el reloj.

—Son cuarenta minutos desde Cali, pero a esta hora y con la neblina…

En los ventanales se reflejaban los brillos de adentro, la chimenea y las lámparas. El resto era oscuridad. Mi papá estaba allá afuera, en ese mundo negro, manejando entre la neblina por una carretera estrecha llena de curvas peligrosas.

—¿Qué pasa si se accidenta?

—No se va a accidentar.

—¿Si se desaparece como Rebeca?

—No se va a desaparecer, niña.

Se levantó a preparar la comida. Yo me paré también y senté a Paulina en la mesa.

—La próxima semana hay una capacitación y va a salir aún más tarde. Te tenés que calmar.

Comimos pizzas de pan árabe y nos fuimos para la sala de la chimenea. Mi mamá agarró una botella de whisky del bar y se sirvió un trago. Ella no era de beber sola y menos whisky.

—¿Qué mirás? —me dijo luego de dar un sorbo.


Mi papá llegó cuando me estaba acostando. Entró a mi cuarto, me dijo que mi tía Amelia me mandaba un beso y me dio dos.

—¿Había neblina en la carretera?

—Muchísima.

—¿Tomaste vino con mi tía?

—No.

—Tenés que manejar con cuidado.

—Yo sé.

A la mañana siguiente tampoco lo vi. Era un día frío y opaco. Todo cubierto de nubes. El cielo, el cañón, las faldas de las montañas. Los picos parecían islas en una laguna blanca.

Mi mamá y yo no pudimos quitarnos los suéteres ni ir a la chorrera. Nos aburrimos por la mañana, almorzamos y seguimos aburriéndonos por la tarde, hasta que Porfirio nos preguntó si queríamos ir a ver los caballos de los vecinos. Emocionada, miré a mi mamá.

—Está bien —dijo.

Los dueños de la finca no estaban. El mayordomo era amigo de Porfirio. Un tipo flaco, con un cigarrillo blando en la boca y la nuez grande como otra nariz.

—¿Van a montar? —preguntó.

Dije que sí y mi mamá que no.

—Por favorcito.

—¿No es problema? —le dijo ella al mayordomo.

—No, señora.

El mayordomo ensilló tres caballos. Dos pardos para ellos y una yegua palomina para mí. Cabalgamos por la carretera sin pavimentar, viendo el mundo desde lo alto, yo sintiéndome poderosa, una princesa de un reino antiguo. Volvimos a la finca oliendo a caballo y sucias de barro, directo a la ducha. Me puse de una vez la piyama y bajé con Paulina.

Porfirio estaba trabajando en la chimenea. Le conté sobre la cabalgata. Que mi yegua tenía la crin y las pestañas largas, que estornudó y me manchó los pantalones con una baba verde asquerosa, que de una finca de techo azul salieron a ladrarnos unos perros dóberman, furiosos, como los de *Magnum*.

—Menos mal los caballos no se asustaron ni los patearon.

—Ellos son mansitos —dijo—. Lo único que los pone nerviosos es el viruñas.

—¿Qué es eso?

El viruñas, me dijo, era un diablo que vivía en las fincas, dentro de las casas, pero no de este lado, sino detrás de las paredes. Dormía de día y se despertaba de noche. Los ruidos extraños que uno no sabía de dónde venían, que sonaban como pisadas de pájaros en el cielorraso, chirridos de la madera o aire en las tuberías, los hacía él al rascar las tripas de la casa.

—¿Para qué las rasca?

—Para salir.

—¿Y sale?

—Sale —aseguró—. Él se alimenta de neblina.

Lo imaginé resbaloso y calvo. Un demonio de ojos brotados y uñas retorcidas, que se adelgazaba para caber por las rendijas y agarraba pedazos de neblina para metérselos en la boca como si fueran algodón de azúcar.

—Es el que trenza las colas de los caballos y les hace arañazos a los dormidos. ¿Usted nunca ha amanecido con rayones que no tenía antes de acostarse?

No supe qué decir.

—Yo por eso siempre duermo con un ojo abierto —dijo.

—¡Porfirio, no asuste a la niña con esos cuentos! —lo regañó mi mamá, que bajaba la escalera.

—Disculpe, mi señora.

Pero era tarde. Porfirio se despidió y me senté frente al rompecabezas. Tenía las piezas organizadas por colores y armados unos pedacitos del cielo y la laguna. Del molino, nada. Igual pensé que allí podía vivir un viruñas que rascaba la madera y hacía relinchar a los caballos, y mejor me fui para la cocina.

—Mamá, ¿el viruñas existe?

—Claro que no.

—¿A qué horas llega mi papá?

—En un rato.


Una mañana no encontré a mi mamá en la cocina tomándose su café, como se había vuelto usual. Subí. Tenía las cortinas abiertas y el cuarto iluminado, y ella estaba en la cama, bocarriba, quieta, como si flotara sobre el agua.

—Ya te despertaste —dijo.

Se paró. Se puso su levantadora blanca y bajó a prepararme el desayuno. Esperó a que terminara de comer, llevó el plato a la cocina y siguió hacia la escalera.

—¿No querés ir a la chorrera?

Lo hacíamos siempre que el clima lo permitía y nos habíamos puesto más negras que Sophia Loren.

—No.

—Mirá el sol.

Estaba alto y derramado, igual que lava sobre las montañas.

—Hoy no tengo ganas.


Mi mamá volvió a lo mismo que en Cali. Todo el día en la cama, con una revista o sin ella, mirando el techo o las paredes.

Por la noche me preparaba la comida y se servía un whisky. Yo intentaba esperar despierta a mi papá, pues no me sentía tranquila sino cuando oía bajar el carro por el empedrado, pero ella era estricta, a las ocho en punto me enviaba a la cama, y casi siempre el sueño me vencía antes de que él llegara.


Los días se hicieron largos y me dediqué a explorar la finca.

Recorría el jardín siempre en perfecto orden. El prado a ras, el cerco de pinos recortados, las plantas florecidas, las hojas en montones que Porfirio juntaba con el rastrillo.

Me subía por el empedrado y hacía estallar entre mis dedos las vainas de los besitos sembrados a los lados. Tocaba las dormideras para que cerraran sus hojas. Reunía pétalos, hojas, palos y piedras y hacía composiciones en el pasto. Trepaba al árbol más bonito, un carbonero con largas barbas blancas, que tenía las ramas bajas y una corteza áspera que se descascaraba fácil.

Observaba a las hormigas que andaban por el tronco y a los pájaros que se posaban en las ramas. Buscaba nidos. Perseguía a los saltamontes y las mariposas. Cazaba las ranas que vivían en las plantas, debajo de las hojas, las tenía un ratico y las dejaba en libertad.

Caminaba por el riachuelo con mis botas de caucho, corriente arriba y corriente abajo, tratando sin éxito de que las botas no se me llenaran de agua. No quería tener que ponerme mis Adidas peludos de rayas amarillas, pues no me gustaba ensuciarlos. Arrancaba los líquenes blancos de las rocas para ver los bichos minúsculos que vivían debajo. Me mojaba el pelo y la cara y bebía de mis manos en forma de cuenco.

Sacaba tierra naranja de los bordes. Preparaba pasteles y los decoraba con palos, piedras y hojas. Agarraba tierra negra de los jardines y los cubría con ella como si fuera chocolate. Se los servía a

Paulina, hacíamos como que estaban sabrosos y que los devorábamos.

Me deslizaba por las pendientes en un cartón, cuidando de no acercarme a la zona desprotegida, con la valla endeble, sobre la que Porfirio me había advertido. Nada más la miraba de lejos.


En uno de los baúles del cuarto de las niñas, entre mil cachivaches, encontré una vajilla de peltre igual a las de verdad, solo que pequeñita. La metí en mi morral, agarré a Paulina y me fui de excursión.

Llegué al cerco de pinos, arriba, en el lindero superior de la finca, junto a la carretera. Hacía unos días había descubierto un arco natural que parecía una casa de gnomos. El piso era de tierra. La pared del fondo estaba hecha del tronco y las ramas del pino. Las paredes de los lados y el cielorraso eran verdes, tupidos y ásperos.

Agaché la cabeza para entrar, me senté y aspiré para que me llenara el olor. Era fresco, parecido a un coctel helado de limón y menta. Senté a Paulina. Descargué el morral, saqué la vajilla y la organicé.

Estaba sirviendo el té invisible cuando sentí algo encima de mí. Una tira alargada, y pensé que era una rama crecida. Iba a apartarla con la mano, pero al alzar los ojos y verla de frente me di cuenta de que era una serpiente. Tenía el cuerpo metido entre el tejido del pino y la cabeza colgando hacia abajo. Con su lengua en v palpaba el aire, seguro detectando mi presencia.

Llegué corriendo a la cabaña de los mayordomos, que era igual a la casa grande, un rectángulo de piedra con una puerta, pero en miniatura. La puerta estaba abierta.

—¡Hay una serpiente!

Todo, la cocina, la cama de matrimonio, la mesa del comedor, se apretujaba en el mismo espacio. Una habitación sin divisiones, ventanas ni vista, del tamaño del clóset del cuarto principal de la casa grande. No tenía adornos ni cuadros. Las paredes de piedra, una puerta que seguro daba a un baño y unas ollas relucientes, colgadas junto a la estufa. Anita estaba barriendo y Porfirio, tomando sopa.

—¿Dónde? —dijo soltando la cuchara.

—En el arco —señalé—. ¡Estaba encima de mí!

Porfirio se levantó, se calzó sus botas de caucho y se armó con el machete. Anita dejó la escoba y salió con nosotros.

La serpiente seguía donde la dejé. Porfirio metió el machete. Con calma, la obligó a montarse en la hoja, lo más lejos posible de su mano, y sacó el machete. Anita y yo mirábamos desde lejos. La serpiente, encima del machete, parecía de caucho, un juguete para hacer bromas.

No sé por qué pensé que Porfirio la botaría afuera de la propiedad, por arriba del cerco. En cambio, la puso en el suelo y, antes de que pudiera escaparse, con un golpecito que se vio inofensivo, le tajó la cabeza. El machete se hundió en la tierra y el cuerpo descabezado se retorció.

—No se murió.

—Está muerta —dijo Porfirio.

—Se está moviendo.

La cabeza estaba a un lado y el cuerpo se seguía enroscando.

—Espere y verá.

Miré a Anita, por una vez sin la sonrisa tímida. Asintió.

Al fin la serpiente quedó inmóvil. Detrás de ella, en el arco, estaban las tacitas, los platos, la tetera volcada y Paulina, caída de lado, con los ojos abiertos, como si estuviera mirando a la serpiente. Era apenas más larga que mi brazo, delgadita, con anillos de colores vivos, negro, naranja y blanco, una belleza con la cabeza amputada.

—Una rabo de ají muy venenosa —dijo Porfirio—. Se salvó de que la mordiera.


Porfirio se deshizo del cadáver tirándolo por el precipicio. Anita y yo lo vimos dar vueltas en el aire y perderse en el abismo. Él estaba al pie de la valla. Nosotras, atrás, con Anita protegiéndome. Era lo más cerca que había estado de ese lugar y, apretando a Paulina contra mi cuerpo, sentí el mareo y la cosa rica en la barriga.


Agitada, llegué al cuarto principal.

—Casi me muerde una rabo de ají.

Mi mamá estaba en la cama con una revista.

—¿Qué es eso?

El pecho se me inflaba y desinflaba.

—Una serpiente muy venenosa.

—Ah —dijo volviendo a la revista.

—Porfirio le cortó la cabeza con el machete.

Me quedé junto a la cama, esperando que me preguntara cómo me había salvado, si estaba segura de que no me había pasado nada, que se asustara y me revisara. Las dos nos estábamos pelando y en la cara y los brazos teníamos parches redondos más claros con los bordes despellejados.

Nada, siguió leyendo.


En el estudio, que quedaba en la planta baja, entre la sala grande y la sala de la chimenea, había una biblioteca del tamaño de la pared, con novelas, enciclopedias y libros de arte, diseño y arquitectura.

Una tarde en que se vino un aguacero de goterones como piedras me dediqué a hojear los libros que tenían fotos e ilustraciones. Vi casas de campo, de playa y de ciudad, muebles de plástico y colores chillones, planos de edificios, fotos desde el aire, pinturas, dibujos, desnudos. La lluvia, sin viento ni truenos, sonaba pareja, y el ventanal se empañó. Me dio frío y fui por un suéter.

Mi mamá, acobijada en la cama, dormía.

Volví al estudio. Escalé la biblioteca para bajar del estante superior un libro rojo. Al jalarlo cayó un sobre de fotos que se derramaron por el piso. Dejé el libro y me senté a mirarlas. Eran a color, recientes, supuse que de la temporada de Semana Santa, cuando mis papás y yo nos aburrimos en el apartamento.

Salía toda la familia. Un señor de pelo blanco que debía ser Fernando Ceballos, sus hijas Mariú y Liliana, los maridos de ellas, las niñas. La mayoría eran de las niñas. En la chorrera, al sol en las sillas largas, en un pícnic de tortas de tierra, trepadas en el carbonero de las barbas, en los caballos de los vecinos, con la vajilla de peltre y sus muñecas, en fin, haciendo lo mismo que yo.

Había una en la que estaban en medio del campo, delante de una tienda rústica de paredes de troncos y afiches de gaseosas. Las tres llevaban bluyines de bota tubo, el pelo agarrado en dos colas, tan rubio que casi era blanco, y un Sandy morado en las manos. Otra foto, más cerca, mostraba que tenían los ojos claros y los labios rojos, seguro por los Sandys, que estaban escarchados.

Eran tan lindas.

Mi mamá podría haber sido tía de ellas. Una tía aventurera, una mujer sin hijos, enamorada de su marido y satisfecha con la vida, que adoraba a sus sobrinas y les traía regalos de sus viajes por el mundo. El tipo de mujer que esas niñas, que todas las niñas, querían ser cuando grandes. Era decirles que la tía Claudia las visitaría para que no pudieran dormir hasta que la veían llegar.

—Tíatíatíatíatía.

La emoción no era tanto por los regalos, sino porque la querían más que a su tío Patrick, aunque él fuera el pariente de sangre y ella la tía política. La tía Claudia, de ojos y pelo oscuros, tan diferente de ellas, pero a su modo también lindísima.

—Mis niñas.

Se agachaba para abrazarlas.


No me di cuenta de en qué momento dejó de llover porque el ventanal seguía empañado. Me paré, me acerqué y pasé el dedo por el vidrio haciendo una raya ancha. Puse la mano y restregué con fuerza de lado a lado, del piso a lo más alto que podía, de puntillas y estirando el brazo, hasta que todo, menos la parte superior, fuera de mi alcance, quedó transparente.

Por fuera, el vidrio estaba inundado de goticas y el mundo aparecía distorsionado, como visto cuando me ponía las gafas de mi papá. Un amasijo de colores sin forma y, a lo lejos, una claridad: el sol que se abría paso.

Yo tenía que ir a la tienda de troncos de madera y afiches de gaseosa, con mi bluyín de bota tubo y el pelo agarrado en dos colas, así no fuera rubio ni yo tuviera los ojos claros, para comprarme un Sandy morado y chuparlo hasta que los labios se me helaran.

—Porfirio, ¿usted sabe de una tienda donde vendan Sandys?

El sol brillaba como si no hubiera llovido. Del pasto, aún mojado, se levantaba un vapor espeso.

—En casi todas las del pueblo.

Estaba agachado, sembrando unas margaritas, alrededor de un árbol.

—Qué pereza las del pueblo. ¿No hay una en el campo?

—Que yo sepa, en la tienda de la escuela.

La tienda de la escuela, que vi en la cabalgata, era una caseta de metal.

—¿No hay otra?

Pensó un momento.

—Creo que también en una que hay pa'rriba, más allá del desvío al pueblo.

—¿Es de metal como la de la escuela?

—Es grande, de troncos de madera.

—¿Me puede llevar a esa?

—Si su mamá no le ve ningún problema…

Porfirio siguió con las margaritas y después de un momento me miró con una cara extraña.

—El otro día la guerrilla estuvo por allá.

—¿La guerrilla?

—Unos muchachos jovencitos. Asaltaron un camión de leche en la carretera principal y la repartieron entre la gente de la vereda.

—¿En serio?

—Sin cobrarle un peso a nadie.

Se notaba que no le creía.

—De verdad —dijo—. ¿No ve que ellos les quitan a los ricos pa repartir entre los pobres?

—¿Como Robin Hood?


Mi mamá estaba leyendo una *Cosmopolitan*, acostada en el sofá de la chimenea, con el pelo cayendo en cascada.

—Porfirio me va a llevar a una tienda donde venden Sandys.

No reaccionó.

—Voy a pedir uno morado.

Soltó un gruñido que podía significar cualquier cosa.

—¿Sí puedo ir?

Nada.

—¿Mamá?

Nada.

—¡Mamá!

—¿Qué?

—Que si puedo ir.

Hizo a un lado la revista y me miró.

—¿A dónde?

—A una tienda donde venden Sandys, te acabo de decir.

—Ya está muy tarde.

Se incorporó y agarró un vaso que tenía en el piso. Era whisky, a esa hora, de día y antes de la merienda.

—Te dije que vamos mañana, Porfirio y yo.

—Está bien.

Bebió.

—¿Estás tomando a esta hora?

—¿Algún problema?

Preferí no responder.

—La tienda es de troncos de madera.

Dejó el vaso y se acostó con la revista.

—Qué bueno.

—Porfirio me dijo que la guerrilla estuvo allá el otro día.

—Mirá vos.

—Unos muchachos jovencitos.

—Ya.

—Asaltaron un camión de leche y la repartieron entre los pobres.

Puso la revista sobre su pecho.

—¿Te dijo qué?

—La guerrilla es como Robin Hood.

—La guerrilla es mala.

Cerró la revista y se sentó.

—Porfirio me dijo que…

—Porfirio piensa que el viruñas existe. Es un ignorante y no se le puede creer nada de lo que dice, Claudia. La guerrilla quiere que nos volvamos como Cuba.

—¿Qué tiene de malo Cuba?

—En Cuba les dicen a los niños que le pidan un helado a Dios y como Dios no se los trae les dicen que se lo pidan a Fidel.

Agarró el whisky y se lo acabó.

—¿Y Fidel sí se los trae?

Se limpió la boca.

—Allá le quitan todo a la gente. Las casas, las tierras, los negocios. A Mariú y Liliana les quitarían esta finca y a nosotros el supermercado.

—¿Para repartirlo entre los pobres?

—Para que todo el mundo se vuelva pobre.

Se paró, fue al bar y se sirvió otro whisky.

—No quiero que hablés más con Porfirio.

Me di cuenta de que tenía la nariz roja.

—¿Por qué?

—Cuántas veces tengo que decírtelo, niña. —También tenía la voz gangosa—. Uno no debe amistarse con los empleados.

—¿Porque se van?

—Y porque dicen estupideces.

—¿Te volvió la rinitis?

—No.

—¿Lloraste?

Se encogió de hombros.


Esa noche me hice la promesa de esperar despierta a mi papá.

Como se demoraba, empecé a sentirme huérfana. Si se había caído por el barranco, lo sería de verdad, como él. Se oyó el motor de un carro, que bajó por el empedrado. Era él. Prendí la luz y, cuando entró al cuarto, lo abracé.

—Quiero otra mamá.

—¿Qué tiene de malo la tuya?

Todo.

—¿Pelearon?

—No me deja ir con Porfirio a comprar Sandys.

—Sus razones tendrá, Claudia.

Furiosa, ahora también con él, me acosté dándole la espalda.

A mi mamá, cuando estaba en la cama o acostada en el sofá, todo le molestaba. Que hablara.

—Vos no te podés callar, ¿cierto?

Si me estaba callada, que me moviera o diera vueltas.

—Ya pará, niña.

Si me estaba callada y quieta, esforzándome por no ser notada, le molestaba mi presencia.

—¿Por qué no te vas al jardín o a tu cuarto?

A la hora del almuerzo Anita rondaba en la cocina. Al atardecer Porfirio cerraba los ventanales y prendía la chimenea. Cuando se iba, mi mamá se levantaba a preparar la merienda. Era el momento en que se podía hablar con ella.

—¿Vos te acordás del día que Rebeca desapareció?

Y ese, el tema que la enganchaba.

—Del día exacto no.

A veces contaba cosas.

—Recuerdo que Mariú y Liliana dejaron de ir al colegio durante un tiempo.

—¿Cuánto?

A veces se desesperaba pronto.

—No sé, Claudia. Una semana, un mes, un tiempo.

Entonces yo lo dejaba.


Una noche conseguí que me contara que, pasado aquel tiempo, la directora de disciplina, una monja redonda y vieja, fue a su salón para advertirles que Mariú y Liliana regresarían al día siguiente y que no debían hacerles preguntas inoportunas, mejor dicho, ninguna pregunta respecto de la desaparición de su mamá.

—¿Y llegaron?

—Igualitas que siempre. Con dos trenzas cada una y sin rastros de haber llorado, ni ojeras ni nada.

—¿Les dijiste algo?

—Yo no, pero una amiga le puso a Mariú la mano en el hombro y le dijo que lo sentía mucho.

—¿Ella qué hizo?

—Nada.

—¿No lloró?

—No, y en el recreo me dijo que ella sentía que su mamá estaba viva.

Abrí los ojos.

—¿Te dijo eso?

—Sí.

—¿Qué le respondiste?

Mi mamá hizo un barrido con la mano que quería decir cualquier cosa, que no lo recordaba o no quería hablar más, y lo dejé ahí.

Cuando estábamos comiendo, volvió al tema sin que yo le preguntara nada. Si no hablaba con Mariú, dijo, era porque las hermanas andaban muy unidas y ya no se podía hablar con ella sin que Liliana, que era reservada y esquiva, estuviera presente. Entonces se quedó un rato masticando en silencio. Al cabo añadió que si se enteraba de los rumores era porque las señoras del juego no hablaban de otra cosa.

—¿Qué decían?

—Qué no decían, mija.

Y eso fue todo.


La tarde siguiente empezó temprano con el whisky. Cuando iba por el segundo, mientras untaba los panes de mantequilla, se puso parlanchina y me contó lo que decían las señoras del juego.

Que el hombre con el que Rebeca se fugó debía ser importante, un millonario, un poderoso, un artista de la televisión. Que ella no sabía administrar los tragos. Que el marido no se la aguantaba. Que no estaba desaparecida, sino recluida. Que era ella la que no se aguantaba al marido. Que trastornada por sus infidelidades se tiró por el precipicio. Que no pensó en sus hijas. Que el cuerpo estaba podrido en un bosque tan apretado que impedía que se viera el carro, del mismo verde oscuro de la vegetación. Que a los campesinos se les presentaba una mujer de blanco, pelo rubio y ojos claros. Rebeca O'Brien, un fantasma en la neblina. Que ella siempre fue una mujer de avanzada, que se vestía con escotes y no usaba el apellido de casada, tan diferente a sus papás, irlandeses de pura cepa y católicos observantes. Que unos liberales que conoció en sus caminatas por la montaña le terminaron de dañar la cabeza y andaba en el monte, una bandolera de pantalón y fusil cruzado adelante. Que estaba secuestrada. Que la tenía el monstruo de los mangones. Que en la montaña hubo avistamientos y fue abducida. Que había casos de gente extraviada en la neblina que aparecía en otro continente. Que tenía amnesia y no recordaba nada, ni de dónde venía ni quién era ni que tenía hijas.

Yo no le había contado a mi mamá ni a nadie de las fotos. Supongo que no quería que se las llevaran. Dejé el sobre donde lo encontré, en el anaquel superior, encima del libro rojo.

Después pensé que alguien lo podría encontrar. Anita, mientras hacía la limpieza. Entonces, para que no estuviera visible, lo metí en el libro. Cuando no había nadie cerca lo sacaba y me ponía a mirar las fotos.

Había una en la que Mariú y Liliana estaban de pie, contra la fachada de piedra de la casa, y las niñas adelante. Cinco rubias de ojos claros, altas y saludables. Las niñas con dos trenzas iguales a las que debieron llevar sus mamás de chiquitas. Las mamás con el pelo suelto, una liso y con capul, lo mismo que Bo Derek, y la otra con voluminosas capas a lo Farrah Fawcett. Miraban sonrientes a la cámara como si no les hubiera ocurrido una desgracia.

Mi mamá y yo habíamos terminado de pelarnos y vuelto a nuestro color original, cuando me dijo:

—¿Te acordás de la vez que nos encontramos a Mariú y Liliana en el centro comercial?

—Nooo. ¿Yo las conozco?

—Debías tener tres o cuatro años y las vimos de pasada. Vos, que no te podías estar quieta ni un segundo, andabas desbaratada. Sucia de tierra, chocolate o alguna cosa, con el pelo cortico de gamín, porque no te crecía. Ellas, en cambio, divinas. Con unos vestidos hermosos y los pelos largos, peinados como para una fiesta. Las niñas y también las mamás. Qué cosa con esas mujeres —suspiró—, son unas muñecas. Mariú, que es muy generosa, dijo que eras bonita.

Mi mamá se levantó, llevó los platos al lavadero y se fue para la sala de la chimenea. Yo me quedé en el comedor con Paulina. La agarré y la miré con detenimiento. El pelo chocolate, los ojos azules, las pestañas llenas, la nariz respingada y los labios gordos. La muñeca más linda jamás. No lo creía únicamente yo. También mi tía Amelia y mi mamá. Lo dijo Gloria Inés cuando la vio. Lo decían mis amigas del colegio, doña Imelda, mi profesora de arte. Hasta Lucila y mi papá, que casi no decían nada.

Fui a la sala de la chimenea a ver en qué andaba mi mamá. Estaba sentada en el sofá, mirando el fuego, con un whisky en las manos.

Me metí en el estudio. Saqué las fotos y me puse a examinar a las Ceballos O'Brien del mismo modo que lo hice con Paulina. Quería entender lo que mi mamá dijo, la calidad de su belleza, si de verdad eran unas muñecas. Como Paulina, tenían los ojos claros, las narices respingadas y los labios gordos. No se les alcanzaban a ver las pestañas ni el color exacto de los ojos, y tal vez sus pelos no fueran tan abundantes y largos, pero eran rubias, altas y bien formadas, y no me quedaron dudas. Eran más lindas, por mucho, que la muñeca más linda jamás.

Ya no pude dejar de mirar esas fotos. Lo hacía todos los días. Era como si quisiera raspar la superficie, la belleza, y descubrir lo que había detrás, el dolor y la orfandad.

De las cinco, la que tenía el pelo de Bo Derek era la más bella. También la más alta. Una mujer estilizada, con las facciones perfectas de una escultura.

—¿Cuál es más linda, Mariú o Liliana?

Era una tarde fría de domingo y los tres estábamos en la sala grande, con los ventanales cerrados y los suéteres puestos. Mi papá leía el periódico y mi mamá, con un whisky en la mano, miraba por el ventanal.

—Alguna gente dice que Liliana, pero yo creo que es Mariú.

Yo, sentada en el suelo, trabajaba en el rompecabezas. Los caballos estaban completos. Tenía armados, además, grandes pedazos de la pradera, la laguna y el cielo. Solo en el molino, donde el paisaje se oscurecía, las fichas seguían dispersas.

—¿Cómo es Mariú?

Mi mamá no respondió.

—Mamá…

—Alta, con los pómulos marcados y los ojos grises. Recuerdo que cambiaban, que se le oscurecían o aclaraban según el clima, la ropa y el estado de ánimo.

—¿Más alta que Liliana?

—Sí.

—Yo creo que a mí también ella me parecería la más linda.

Y una buena mamá, aunque no lo dije en voz alta. Una mamá que sí dejaba que sus hijas fueran a buscar Sandys y que pensaba que yo era bonita.

—¿Qué tal esa tormenta? —dijo mi mamá.

—¿Cuál tormenta? —dijo mi papá alzando los ojos.

Ella señaló las montañas de atrás y entonces la vi a lo lejos. Una mancha negra vertida sobre la tierra y de pronto unos resplandores amarillos.

En una de las fotos Mariú salía con un hombre de pelo negro y desordenado. El marido, supuse. La miraba como si ella fuera la cosa más importante del universo. Mariú, tímida, con los ojos agachados, sonreía.

En otra, que debieron tomar enseguida, su cara ocupaba el recuadro. Miraba a la cámara y entonces parecía que me estaba mirando a mí. Sus ojos eran impresionantes. Unas pepas claras y, quizás, tristes. ¿La tristeza sería por su mamá desaparecida? ¿Todavía sentía su ausencia? ¿Todavía le dolía? ¿La arrastraba, esa tristeza, desde los ocho años como un cometa a su estela?

No había en ninguna parte de la casa fotos ni retratos de Rebeca. Revisé en los cuartos, los clósets, los cajones, los libros de la biblioteca, uno por uno, por si había una foto olvidada. No encontré nada.

En la pared frente al escritorio había una serie de cuadros. Eran ilustraciones con escenas de la vida cotidiana. Un cine, un baile, un puente, una mujer de espaldas, de pie junto a una puerta abierta. Tenía un vestido largo escotado, el pelo rubio a la altura de la nuca y en la mano un vaso con un trago amarillo.

Fui a decirle a mi mamá que había encontrado un cuadro de Rebeca. Ella me miró tratando de entender si era cierto. Como me quedé seria, dejó la revista y se levantó.

—Pff, obvio que no es ella.

—Está de blanco, con un trago en la mano, saliendo de la fiesta.

—Es un dibujo de cualquier cosa, Claudia.

—De la noche que desapareció.

—Cómo se te ocurre que van a poner en la pared un dibujo de la noche que desapareció —dijo con la voz de que ya no aguantaba mis estupideces.

Otra noche, con una lupa que encontré en el escritorio, descubrí que en los ojos de Mariú, en la foto en la que miraba a la cámara, se reflejaba la fotógrafa.

Por la figura, delgada, con el pelo abultado, me convencí de que era Liliana. Junto a su reflejo había una mancha, un poco más clara o quizás luminosa, que podía ser cualquier cosa, la lámpara de pie del estudio, el perchero de la entrada, otra persona, una cortina, pero a mí se me metió que era Rebeca flotando con su vestido blanco.

Fue entonces cuando me agarró de verdad el miedo.

Guardé la foto y, mientras caminaba hacia la puerta, evité mirar el cuadro de la mujer de espaldas, creyendo que se daría la vuelta para mostrarme que en realidad no tenía cara: solo el cráneo con los huecos de los ojos vacíos.

En el corredor, en el espejo horizontal, vi de pasada mi reflejo y lo sentí ajeno. Una cosa que podía actuar con independencia. Encorvada, resbalosa y raquítica, el viruñas que vivía detrás de los muros y ahora se me mostraba.

Los leños ardían en la chimenea. Mi mamá, con la cara bañada de naranja por el fuego, se estaba sirviendo otro whisky. Al verme consultó el reloj.

—Ya es hora de dormir.

—Cuando llegue mi papá.

—¿Otra vez con eso?

—Por favor, mamá.

Dijo que no, pero el whisky la ponía blanda y conseguí que me acompañara al cuarto. Estuvo conmigo mientras me puse la piyama, acosté a Paulina en la cama de la pared opuesta y me metí en la mía, contra la pared de la puerta.

—¿Me contás una historia?

—Ni que tuvieras tres años.

—Quedate hasta que se caliente la cama.

Las sábanas se sentían frías como la barriga de un lagarto.

—Hasta mañana, Claudia.

Apagó la lámpara. El cuarto no quedó en la oscuridad, pues yo dejaba la cortina abierta para que entrara la luz del farol que había afuera, junto a la valla del precipicio.

—Paulina me dijo que te invitara a dormir con nosotras.

—No digás.

—Podés acostarte allí.

Señalé la cama libre, en la pared de atrás.

—Decile que muchas gracias, pero que no puedo dejar la chimenea desatendida.

—Ella oye, mamá.

—Bueno, ya sabe.

Cerró la puerta desde afuera y se alejó por la escalera. El sonido de sus pasos amortiguado por las medias de lana. El silencio de la casa más y más grave, como si se hundiera con cada escalón que mi mamá bajaba.

Afuera, bajo la luz del farol, la neblina ondulaba como si quisiera tomar forma. Era lo único que se veía. La noche alrededor estaba negra y su ruido era constante, como el motor de una nevera. Los grillos, las hojas, el viento. Adentro la quietud resultaba sospechosa y daba la impresión de que las muñecas en las repisas, de pie, con los ojos abiertos, cobrarían vida en cualquier momento.


Ya no tuve paz en esa casa.

Por las tardes, cuando nos rodeaba la neblina y Porfirio se iba, sentía que mi mamá y yo quedábamos atrapadas. Que afuera había algo fundido con la neblina. Rebeca, tratando de colarse por las rendijas. Que era ella, y no el viruñas ni la madera vieja, la que estaba detrás de los ruidos inexplicables.

Me costaba dormirme. Me quedaba en la penumbra atenta a las muñecas, esperando que parpadearan o giraran la cabeza. Atenta a la puerta del clóset, a la neblina en torno al farol de afuera, a los cascos y los relinchos de los caballos, a las hojas que se revolvían, al viento, unas veces un susurro y otras un torbellino que aullaba y sacudía las puertas y las ventanas, al silencio de la casa roto de pronto por un crujido en el cielorraso, un ahogo como de moribundo en la tubería o un soplo de aire que circulaba tenue entre las paredes.

Cuando por fin lograba dormirme, caía en un sueño superficial y contaminado por las sensaciones de afuera. Las sombras, las luces, los ruidos, el peso de las cobijas sobre mi cuerpo, el frío de las sábanas, el olor lejano de los caballos y el olor a humedad que guardaba la almohada.

Me quedaba sin aire cuando creía ver a las muñecas hablando entre ellas o que por las junturas del cielorraso se asomaba una uña retorcida, un dedo esquelético, un brazo con las venas brotadas y la mano estirada hacia mí.

Así me daba cuenta de que estaba soñando y me despertaba sobresaltada. No conseguía dormirme de verdad sino hasta que sentía las luces y el motor del Renault 12 bajando por el empedrado.

Una noche me envolvieron las luces y el sonido del motor y, en lugar de dejarme ir, quizás porque me dio la impresión de que el carro sonaba distinto, como si estuviera parado, abrí los ojos.

En el corredor había gente y movimiento. Me levanté y abrí la puerta del cuarto.

Porfirio y mi papá estaban en el corredor y tenían abierta la puerta de la casa. Por allí entraba el chorro blanco de las luces del carro, que en efecto estaba detenido, pero con el motor en marcha. Porfirio, con ruana, gorra y botas de caucho, abría y cerraba los cajones del mueble de la entrada. Mi papá, linterna en mano, andaba por el corredor.

—¿Qué pasó?

Los dos me miraron, y mi papá explicó que se había ido la luz.

—¿Y mi mamá?

—Volvé a dormir.

Porfirio encontró en un cajón lo que estaba buscando, unas pilas, y se las mostró a mi papá.

—Por si se nos mueren las que tenemos en la linterna.

Se las metió en el bolsillo del pantalón y vi que tenía el machete al cinto en su funda de cuero.

—¿Dónde está mi mamá? —dije con angustia.

Como si la hubiera invocado, ella salió del cuarto, con un suéter grueso de lana y su cartera al hombro.

—Ya oíste a tu papá. Andá a la cama.

—¿Qué pasó?

—Encontraron un carro accidentado en el abismo, un carro viejo.

—¿El de Rebeca?

—No se sabe. —A mi mamá las palabras le sonaban enredadas, como a mi tía Amelia cuando estaba tomada—. La grúa acaba de llegar.

—Quiero ir con ustedes.

—No.

Miré a mi papá:

—Por favor.

—Anita queda pendiente de vos.

Se acercó y me hizo una caricia.

—Todo va a estar bien. No hay de que preocuparse.

Me dio un beso en la frente y siguió, con mi mamá, hacia la puerta.

—No me dejen —rogué.

Antes de cerrar, Porfirio me miró con lástima.


El corredor quedó a oscuras. Entré al cuarto y cerré la puerta. Intenté encender la luz. Nada. Afuera el carro se alejó por el empedrado y salió a la carretera sin pavimentar.

Ese día había estado soleado. Al atardecer seguía tan tibio que mi mamá y yo no tuvimos necesidad de ponernos los suéteres y me fui a la cama descalza, con una piyama ligera de pantalones y camiseta de manga corta.

Ahora, de noche, el frío se sentía en el aire, hiriente al entrar por la nariz, un punzón bajo mis pies.

Por el ventanal se veían el jardín, el poste del farol, la valla y el cañón negro como una laguna. Era una noche clara como no había visto otra. Todo estaba en silencio. Los árboles y los caballos. Todo en perfecta calma. Las montañas en la distancia, con un brillo como el de los ojos con fiebre.

Me acosté bocarriba, me acobijé hasta el cuello y me prometí que solo pensaría en cosas lindas. Las flores del jardín, las azulinas y los cartuchos, los picaflores y los pechirrojos, una mariposa naranja que quiso montarse en mi dedo y se quedó serena mientras la observaba. Nuestra vida en Cali antes de las peleas y de Gonzalo, el apartamento, la selva del piso de abajo, una selva de mentiras que no daba miedo y la escalera que en realidad solo era una escalera.

Cerré los ojos y se me apareció un precipicio. Los abrí y lo seguí viendo. El precipicio verdadero y al fondo, sepultado entre la vegetación, un carro verde con los vidrios rotos. Al volante, Rebeca. El cadáver más lindo jamás, con un elegante vestido blanco, los dedos largos todavía en el timón, el pelo rubio, los ojos azules y la piel intacta como si los años no hubieran pasado y el carro se hubiera posado allá abajo con gracia.

Para no seguirla viendo, para no pensar en ella, me puse a contar los segundos en voz alta, mil uno, mil dos, mil tres, y que el tiempo no se ensanchara y sentirlo en su duración real, mil cuatro, mil cinco, mil seis…

Me desperté bocarriba, acobijada hasta el cuello tal como me acosté y con la sensación de no haber dormido más que un instante. En el piso, junto al ventanal, un rectángulo luminoso. El sol estaba encima de las montañas y era una mañana radiante. El cielo y la tierra como si les hubieran echado un barniz.

Fui al baño y me lavé la cara. Me asomé al cuarto principal. Mi mamá no estaba. Bajé la escalera. La encontré en la barra de la cocina, tomándose un café, en bluyín y camiseta, con medias de lana y el pelo mojado.

—¿Era el carro de Rebeca?

—Buenos días.

—¿Era?

—Claudia, saludá.

—Buenos días.

Mi mamá sorbió su café y dejó la taza sobre la barra.

—Cuando ya se habían olvidado de ella, cuando nadie la buscaba, ¡tenga!

—Sí era.

—¿No es increíble?

—¿Estaba en el carro?

Dijo que sí con la cabeza.

—¿La viste?

—Los huesos.

Unos campesinos, contó, estaban abriendo una trocha en el monte y se toparon con algo duro que hizo que los machetes sacaran chispas, el Studebaker, tan tapado por la vegetación que no se veía ni teniéndolo al frente.

—¿Cómo estaba?

—La lata retorcida, sin vidrios, algunas partes oxidadas.

—Quiero decir, Rebeca.

—Ah.

Mi mamá agarró la taza y se giró hacia el ventanal. Las nubes, en el cielo azul, escasas y enclenques, parecían virutas que alguien hubiera olvidado barrer.

—Tuvo que morir al instante.

—¿Pero cómo estaba?

—Eran los huesos nomás, te dije.

Se quedó ausente, con los ojos en el paisaje, y no pude sacarle más.


Después del almuerzo se tomó su primer whisky y yo no me despegué de su lado. Al principio se estuvo en la sala de la chimenea. Tras el segundo whisky pasó a la sala grande y, mientras se lo tomaba, terminé el rompecabezas.

Estaba admirándolo, apreciando los detalles, las florecitas amarillas de la pradera, la tenue luz sobre la laguna, las sombras en el molino, cuando Porfirio llegó a cerrar los ventanales y encender la chimenea. Mi mamá y yo subimos por los suéteres.

De vuelta en la planta baja, fue por otro whisky y se puso a preparar la comida. La chimenea ardía. Porfirio se despidió y yo me senté con Paulina en el comedor. Mi mamá sirvió la comida. Crema de tomate con papas fosforito. Traté de hacer que me contara más. Si en el cráneo Rebeca tenía pelos y quedaban restos del vestido blanco, si llamaron a la familia, si mi mamá los vio y habló con ellos, si Mariú estaba triste, si lloraba, si le cambiaron de color los ojos.

—Ya no más con eso, Claudia.

—¿Por qué?

—Porque te da terror y luego no te querés ir a la cama.

—Te prometo que me acuesto apenitas llegue mi papá.

—No, hoy llega tarde porque va a esperar un pedido.

Se tomó un par de cucharadas de sopa y fue por el cuarto whisky. Nos sentamos en el sofá de la chimenea. Ella tomando despacio, igual que por la tarde, y yo mirándola de reojo.


No recuerdo cuándo ni cómo me fui a dormir. Tal vez estaba tan cansada por las malas noches anteriores que me quedé dormida en el sofá y mi mamá me llevó a la cama. Lo cierto es que abrí los ojos en el cuarto de las niñas.

Era noche cerrada y algo no cuadraba. Como si hubieran cambiado los objetos, la disposición de los muebles o el tamaño del espacio. O como si mientras dormía me hubieran llevado a un cuarto que quería hacerse pasar por el cuarto de las niñas.

Intenté sentarme y no pude. Llamar a mi mamá, y tampoco. Gritar, y nada. Enfoqué mi energía en el dedo meñique de la mano derecha y logré moverlo. Me desperté aliviada.

Enseguida, al mirar el cuarto, descubrí que estaba ligeramente cambiado. Traté de moverme y fue inútil. Seguí tratando y con esfuerzo conseguí girar la cabeza para despertar en un cuarto falso. Y así más veces hasta que percibí que una mano esquelética me tenía agarrada por la muñeca.

Esa mano, comprendí, me había sacado del cuarto verdadero para llevarme al otro lado de la casa. El lado que ella habitaba. El que se intuía por las noches cuando la neblina nos rodeaba. El mundo oculto en el que se producían los ruidos inexplicables.

Entonces me desperté de verdad.


La neblina estaba tan pesada que el farol parecía más lejano. Un sol mínimo en una atmósfera contaminada. No se veía ni la valla. De pronto, unos metros por debajo de la luz, advertí una cosa blanca más consistente que la neblina.

Me senté en la cama. Era un trapo o una tela. Me miré las manos y pude moverlas. Paulina dormía, lo mismo que todas las noches, en la cama de la pared opuesta. Las muñecas en las repisas, con los ojos abiertos, se veían igual de monstruosas que siempre. Yo estaba despierta en el cuarto real y afuera esa cosa ondeaba al viento, que estaba fortísimo, y por un momento la neblina se adelgazó.

La cosa, allá afuera, era una figura humana con un vestido blanco.

—¡Mamá!

Me levanté y corrí hacia el cuarto principal. Tenía la espalda sudorosa y los pies helados. La cama estaba en desorden, el ventanal, abierto, y las cortinas de gasa volaban al viento.

Revisé en el balcón, el baño y el clóset. Recorrí los otros cuartos y el otro baño. Llamándola, bajé la escalera. Mi mamá no estaba en la sala grande, el comedor ni la cocina, donde había, sobre la barra, una botella de whisky desocupada. Tampoco en el estudio ni en la sala de la chimenea. Fui hacia la terraza y abrí la puerta corrediza.

—Mamá…

No se veía nada.

—¡Mamá!

Salí a la terraza. El viento frío me levantó el pelo y se me erizó la piel. Quise derrumbarme y soltarme a llorar. No buscarla más. Que se tirara al precipicio y no volviera. Quedarme sola con mi papá, ahogada con él en el mar de su silencio. Pero seguí dando la vuelta y, cuando estuve segura de que mi mamá no estaba en la terraza, entré a la casa.

Subí la escalera y, con el miedo latiendo en mi pecho como un animal, abrí la puerta hacia el jardín. La neblina, gruesa bajo la luz de la entrada, corría con la velocidad del viento, que remecía los árboles y aullaba furioso, como un fantasma, al encañonarse.

Avancé por el empedrado hasta el final de la casa y, con el viento en la cara, continué por el pasto. Mientras bajaba, se materializaron el farol, la valla endeble y baja, incapaz de contener nada, y la figura humana con los pies en la tierra y el vestido blanco en volandas. Tenía el pelo abundante de mi mamá y su levantadora blanca.

—Mamá.

Temí que al volverse no fuera ella, sino Rebeca.

—¿Mamá?

Por la espalda una copia de mi mamá y por delante una muerta.

—Tocaya —dije pasito.

Se giró. Era ella. Sana y completa.

—¿Qué hacés?

—Salí a dar un paseo.

En medio de la noche, en piyama y sin zapatos, como Natalie Wood.

—Nunca había venido a este lado de la finca.

Un precipicio de muchos metros.

—Hace tiempos que vos y yo no vamos a caminar, ¿cierto?

La voz le salía torcida, de borracha. Tenía un vaso en la mano. Se tambaleó. Adelanté un paso y la cogí por el antebrazo, tan flaco que casi lo rodeé: Karen Carpenter.

—Vamos para la casa, mamá.

—Mañana salimos las dos. Te lo prometo.

El precipicio estaba detrás de ella, a dos pasos. Aunque por la neblina no se viera, estaba allí, tan profundo como el de la princesa Grace. Podía sentir su fuerza, el hilo que desde abajo tiraba de ella.

—Los huesitos estaban desbaratados.

—¿Los de Rebeca?

—Ella sí lo supo hacer bien.

Entonces lo vi en sus ojos. El abismo dentro de ella, igual al de las mujeres muertas, al de Gloria Inés, una grieta sin fondo que nada podía llenar.

—Este lugar es perfecto para desaparecer.

—Vamos —dije y apreté.


Mi mamá se dejó guiar por el pasto y el empedrado de regreso a la casa.

Una vez estuvimos dentro, le quité el vaso y lo puse en el mueble de la entrada. Ella lo agarró y de un trago se zampó lo que quedaba. Cerré la puerta y el viento, los aullidos y la fuerza se quedaron afuera. Caminamos al cuarto principal. Ella mansa e inestable y yo cuidando que no se cayera. La senté en la cama, le saqué la levantadora y las medias mojadas y la ayudé a acostarse.

Cerró los ojos. Estaba despeinada, con la expresión tranquila, como una niña necia rendida por el cansancio. Olía a whisky. Un olor de madera muerta. Aspiré y lo contuve. Quería guardarlo adentro de mí como mi papá guardó el olor a talco de su tía Mona. El olor de mi mamá para que nunca se me olvidara. Le acaricié la frente y luego el pelo. Se lo desenredé con los dedos hasta dejarlo liso y reluciente. La besé en la frente y me acosté a su lado. Ella abrió los ojos.

—¿Nada que llega tu papá?

—No.

—Es tardísimo.

Cerró los ojos y pareció dormirse al instante. Yo, con los míos abiertos, vi a mi papá accidentado en la carretera. Mi papá, al fondo del precipicio, con el monstruo de adentro dormido para siempre y al lado su mamá, contenta al fin de verlo. Ella una niña y él un viejo. Lloré sin lágrimas. Los ojos se me cerraban por el sueño. Sujeté a mi mamá por la muñeca, fuerte, para que no pudiera irse, para saber si se levantaba y mantenerla conmigo en este lado de la casa.


Me desperté de día, a la mañana siguiente, en el cuarto de las niñas. Fui al cuarto principal. No había nadie. Bajé la escalera. Mi mamá estaba en

195

la cocina preparando el desayuno y mi papá en el comedor.

—¡Llegaste!

Lo abracé.

—¿No te acordás cuando te pasé a tu cama?

—No.

—Hablaste.

—¿Qué te dije?

—Que por qué me había demorado tanto.

—¿En serio?

—Y te conté que el pedido se había atrasado.

Mi mamá nos sirvió huevos con arepa. Mi papá y yo dejamos los platos limpios, mientras que ella se tomó tres vasos de agua, le dio dos mordiscos a su arepa y revolvió los huevos en el plato.

—¿No tenés hambre? —preguntó mi papá.

—Estoy con dolor de cabeza.

Dejó la comida y subió a bañarse. Él abrió el periódico.

—Volvamos a Cali —le dije.

—¿No la estás pasando bien?

—Mi cumpleaños es en tres días y no quiero estar aquí.

—¿Por qué?

—Este lugar es malo.

—¿Malo cómo?

—Tiene precipicios.

—Unos precipicios lindos.

—No quiero que ustedes se mueran.

196

Bajó el periódico.

—Vení para acá.

Lo dobló, lo puso sobre la mesa y me senté en sus piernas.

—¿Tenés miedo de que nos muramos?

—De que vos te accidentés como Rebeca y mi mamá se tire.

—Yo manejo con mucho cuidado, te lo he dicho mil veces, y tu mamá no se va a tirar.

—¿Cómo sabés?

—Una mamá no dejaría a su hija. Vos misma lo dijiste.

—Lo dijo Paulina.

—Bueno, Paulina.

—Gloria Inés dejó a sus hijos.

—Ella se cayó por el balcón. Tu mamá no se va a caer. ¿No ves que hay barandas y vidrios en todos lados?

—La princesa Grace y Natalie Wood también tenían hijos.

—Esas historias te dejaron muy impresionada.

—Vámonos de esta finca, por favor.

—Gloria Inés estaba enferma.

—Mi mamá también.

Mi papá se rio:

—Tu mamá tiene dolor de cabeza.

—Está enferma desde Cali.

—La rinitis ya se le quitó y acá no hay guayacanes cerca.

—Vos nunca estás y no te das cuenta.

197

—¿De qué no me doy cuenta?

—Anoche se emborrachó. Salió en medias a dar un paseo por el pasto y fue hasta la valla del precipicio. Si yo no hubiera llegado, de pronto se tira. Me dijo que este lugar era perfecto para desaparecer.

—Ella también quedó muy impresionada con lo de Rebeca. —Me besó la frente—. ¿Pero no ves cómo ha mejorado desde que llegamos acá? Ya no toma antialérgicos.

—Ahora toma whisky.

De nuevo se rio:

—Un whiskicito de vez en cuando no le hace daño a nadie.


Me bañé en la chorrera con mi papá y el resto de la mañana jugué en el cuarto de las niñas. Al mediodía hicimos un asado, comimos en la terraza y mi papá nos preguntó si queríamos caminar.

—Vayan ustedes —dijo mi mamá.

—Yo me quedo con ella —dije.

Entramos y ella se sirvió un whisky. Él le preguntó si no era demasiado temprano para tomar.

—¿Querés uno? —respondió.

Él dijo que no y propuso que jugáramos parqués. Miré a mi mamá. Ella, con el whisky en la mano, nos miraba buscando una excusa.

—Quiero leer la revista que me trajiste —le dijo a mi papá.

Era una *Vanidades*. En la portada, una mujer con enterizo de tigresa. La cogió y siguió a la sala de la chimenea.

Mi papá y yo jugamos parqués en el comedor. Un cucarrón subía por el ventanal, resbalaba y volvía a empezar batiendo sus alas con un zumbido metálico. Conseguí meter dos fichas en el cielo. Pintaba que yo iba a ganar, porque mi papá tenía dos en la cárcel, pero sacó tres pares seguidos, metió dos al cielo y ya fue imparable. Jugamos otra partida y de nuevo me ganó.

Porfirio llegó a cerrar los ventanales y encender la chimenea. Mi mamá nos dijo que estaba haciendo frío y subimos. Ellos se fueron para el cuarto principal. Yo me metí en el de las niñas, agarré un suéter del clóset y luego a Paulina, tan linda y bien puesta con su vestido de terciopelo verde, y la peiné.


Mi mamá terminó de servir la pasta y se sentó frente a mi papá. Yo lo hice en la cabecera.

—¿Y Paulina? —preguntó ella—. ¿Hoy no va a comer con nosotros?

—Paulina ya no está.

—¿Cómo así?

—Se tiró por el barranco.

Mis papás parecieron confundidos.

—¿Se te cayó? —dijo ella.

No sentí el vértigo al pie del abismo. No sentí nada. El cielo estaba blanco, las montañas negras, y una neblina gorda cubría el cañón.

—No —expliqué—. Se tiró.

Al principio Paulina se estuvo sentada en la valla, como los niños en el muro del foso de los leones. Tranquila, como si contemplara el paisaje.

—¿Qué estás diciendo, Claudia?

Quedó en el aire y yo agarrándola por el brazo.

—Que se suicidó.

La vi caer. Primero muy derecha. Luego se ladeó y perdió un zapato.

—¿La tiraste?

—Se tiró ella.

Paulina en el aire. Los piecitos arriba, la cabeza abajo y el pelo abierto, largo y moviéndose como unas alas.

—¿Por el barranco?

—Sí, por el barranco.

La vi entrar en la neblina que tapaba el cañón y perderse en la espesura blanca.

—¿Por qué? —dijo mi mamá.

Mi papá me miraba.

—Porque ya no quería seguir viviendo.

Ellos, sin saber qué decir, se miraron.

—Hay gente que se quiere morir —agregué.

El cucarrón, que antes trataba de subir por el ventanal, estaba tirado en el suelo, inmóvil y bocarriba, con las paticas erizadas.

—Claudia —dijo ella—, ¿vos te querés morir?

Mi respuesta: un gesto que no quería decir nada.

# Cuarta parte

A la mañana siguiente, muy temprano, empacamos nuestras maletas y las llevamos al carro. Porfirio y Anita se extrañaron al darse cuenta de que nos íbamos antes de lo previsto. Fueron juntos a abrir el portón.

Les dije adiós con la mano, desde el carro, hasta que se perdieron de vista. Me di la vuelta y me acomodé en el asiento, que sin Paulina se sentía del tamaño de un campo de fútbol.

La carretera sin pavimentar se me hizo oscura y siniestra como a la llegada, pero no tan larga. En unos minutos estuvimos en la carretera principal. No fue sino bajar unos metros para que el día se despejara y el cielo se descubriera azul, con un sol fabuloso. En la finca, pensé, habíamos estado viviendo dentro de las nubes.

Seguimos en silencio. Parches de bosque, restaurantes y fincas hasta que llegamos a la curva del cerezo. Nos balanceamos y extrañé de nuevo a Paulina, que se habría caído de lado. Al terminarse la curva, frente a nosotros, apareció el precipicio tremendo y, al fondo, en la distancia, Cali desparramada en el valle.

Mi papá nos llevó al apartamento, nos ayudó a subir las maletas y se fue para el supermercado. Mi mamá y yo desempacamos, organizamos la ropa y mis juguetes y bajamos a revisar la selva. Ella daba vueltas alrededor, mirando todo en silencio, y yo la seguía. Lucila se acercó.

—Hace dos semanas les puse la urea que me trajo el señor Jorge.

—Se nota —dijo mi mamá con una sonrisa, pero era por no hacerla sentir mal.

En realidad las plantas estaban tristes, con las hojas gachas y amarillosas. Lucila dijo que tenía que hacer el almuerzo y volvió a la cocina. Mi mamá continuó la inspección, caminando por entre las plantas y fijándose en cada una. Al final fue al bosque detrás del sofá de tres puestos y se puso a quitarles a los ficus las hojas secas.

Todos mis muertos, pensé. Si los de mi papá estaban en sus silencios y los de mi mamá eran las plantas de la selva, los míos eran las hojas a punto de caerse. Mi abuela niña, mi abuelo amargado, la tía Mona, mi abuelo oso, mi abuela lombriz y cobra, las mujeres de las revistas, Gloria Inés, Paulina…

Afuera los guayacanes estaban sin hojas. Únicamente les quedaban las ramas desnudas con unas pocas flores marchitas. El suelo alrededor estaba cubierto con las que se habían caído, una alfombra de flores, antes rosadas, ahora desteñidas, cafés o sucias.

—¿Será que van a morirse?

—¿Quiénes?

—Los guayacanes.

—No, tocaya —dijo mi mamá—. Ellos siempre reverdecen.

De pronto sentí un ligero toque en el hombro y, sobresaltada, di un brinco. Al volverme, descubrí a una de las palmeras con sus dedos estirados hacia mí.

—Hola —la saludé yo también.


Mi papá llegó al mediodía y nos sentamos a la mesa. Aunque no lo dijeron, debieron sentir, igual que yo, la falta de Paulina en el asiento vacío. Mi mamá, mientras nos servía, me preguntó si por la tarde me gustaría ir al brinca-brinca.

—Pues claro.

—Tu papá habló con tu tía y ella te va a llevar.

—Por tu cumpleaños —dijo él.


Me senté en el puesto del copiloto del Renault 6 y mi tía Amelia y yo nos abrazamos.

Por el camino se dedicó a hacerme preguntas. Qué tal la finca, cómo la pasé, qué tal me había parecido, cómo me sentí. Le dije que bien, que bien, que bien y que bien. Ella quitó los ojos de la avenida y me miró sonriente.

El brinca-brinca quedaba bajo una carpa de circo en un lote polvoriento y era una base metálica con un caucho negro inmenso que parecía el catre de un gigante. Salté por varios turnos seguidos, primero con timidez y luego cada vez más alto.

Mis pies se hundían en el caucho y yo subía volando hacia el lejanísimo techo de colores de la carpa. La cosa rica en la barriga, una bolita de felicidad, se me regaba por todas partes, del ombligo en una explosión hasta las puntas de los dedos y del pelo erizado en mi cabeza. Entonces miraba hacia abajo y me daba vértigo. Mi tía Amelia, el señor que administraba los turnos, las mesas de metal, la tienda, todo pequeñito. El mundo aplastado en el suelo y yo suspendida en el aire, como si hubiera caído a un precipicio y fuera a morirme igual que la pobre Paulina. La náusea del miedo se recogía en mi centro, pero mis pies volvían al caucho, me elevaba y de nuevo estallaba la delicia.

Mi tía, de pronto noté, estaba mirando hacia arriba, con las manos haciendo un megáfono. Su grito atravesó las capas invisibles de los mundos que nos separaban y pude oírlo:

—¡Claudiaaaaaaaa!

Y el señor de los turnos:

—¡Se le acabó el tiempoooo!

Bajé del brinca-brinca al suelo duro.

—Ya es hora del entredía —dijo mi tía.

Fue como aterrizar en un planeta nuevo. Estaba roja, agitada, con el pelo empapado de sudor. No había un soplo de viento y parecía que todo el bochorno de Cali se hubiera metido bajo la carpa del brinca-brinca. Compramos unas crispetas dulces y dos Castalias. Nos sentamos. Tomé un sorbo de la gaseosa y se me congeló el cerebro.

—Feliz cumpleaños adelantado —dijo mi tía.

—Gracias.

Me limpié la boca con la mano. Ella encendió un cigarrillo.

—Así que la pasaste bien en la finca.

—Sí.

Agarré una manotada de crispetas.

—¿Y Paulina? —preguntó.

Mi tía me la había regalado y yo ya no la tenía. ¿Qué podía decirle? Por fortuna estaba masticando y tuve esa excusa para no hablar.

—Tu papá me contó que la perdiste.

—¿Me perdonás?

—No te estoy regañando, nena. Quiero saber qué pasó.

Soltó un hilo de humo, que subió enroscándose.

—Yo sé que era tu muñeca preferida.

—Sí.

—¿Y entonces?

—Se tiró por el precipicio.

—¿Ella sola?

Asentí y agarré más crispetas. Nos quedamos calladas. Mi tía fumando y yo comiendo. Cuando terminó de fumar, tiró la colilla y la aplastó con el zapato.

—Paulina, ella sola, se tiró por el barranco…

Traté de sonreír para que no se diera cuenta de lo que en verdad sentía, pero la cara se me arrugó. Ella me pasó el brazo por la espalda.

—No estabas contenta en esa finca, ¿cierto que no?

Dije que no con la cabeza.

—¿Por qué?

Me salió una lágrima.

—Tenía miedo.

Me la limpié.

—¿De qué?

—Del viruñas.

—¿Alguien te habló del viruñas?

—El mayordomo.

—Cuando tu papá y yo éramos pequeños, en la finca, la cocinera nos asustaba con el viruñas. Si se nos perdía algo, el lápiz, el cuaderno, decía que el viruñas se lo había llevado. Yo vivía muerta de susto, pero en el fondo sabía que era un invento. Vos sos muy inteligente, nena. ¿Sí creés que existe?

—También me daba miedo la neblina.

—La neblina es misteriosa.

—Y la casa, que era rara, con la entrada arriba y la sala abajo.

—Tu papá me dijo que era muy linda.

—Allá se desapareció una señora.

—¿Te daba miedo de Rebeca O'Brien?

—Que se me apareciera.

—Tenías miedo de un fantasma.

—Y de que mis papás se desaparecieran como ella.

—¿Por qué iban a desaparecerse?

—Mi papá podía accidentarse en la carretera.

—Claro, eso da mucho miedo.

—Los abismos dan mucho miedo.

—Son espeluznantes.

—Sí.

—¿Y tu mamá?

—¿Mi mamá qué?

—¿Por qué te daba miedo que ella se desapareciera?

Hice como si no supiera.

—Ella no manejaba allá arriba.

—No.

—¿Entonces?

—Podía caerse.

—¿Caerse cómo?

—Como Gloria Inés.

—Gloria Inés estaba subida en un banco.

—Podía tirarse.

—¿Por qué iba a tirarse?

Me quedé callada. Comí. Tomé gaseosa. Mi tía insistió:

—¿Por qué?

—Porque está enferma.

—¿De la rinitis?

Negué.

—¿Enferma de qué?

—De lo mismo de Gloria Inés.

—¿Ella te dijo?

—No.

—¿Quién te dijo?

—Nadie, pero yo sé.

—¿Y vos?

—¿Yo qué?

—¿Vos te querías tirar?

La miré.

—No.

—Solo querías volver a Cali.

—Y que las cosas fueran como antes de Gonzalo.

Ahora fue a mi tía a la que se le arrugó la cara. Nos abrazamos y lloramos juntas.


Por la noche mi mamá me acompañó a mi cuarto sin que yo se lo pidiera. Me acosté. Apagó la lámpara de la mesa de noche y se sentó en la cama.

—Yo sé que no he sido la mejor mamá.

Tuve el impulso de consolarla, de decirle que no era cierto, que ella era la mejor del mundo, pero ese día me había sentado bien llorar en el pecho de mi tía Amelia, saltar por horas en el brinca-brinca, atragantarme de crispetas y gaseosa, y me callé.

—Cuando la tristeza se me mete en el cuerpo yo trato de hacer que se vaya, te lo juro.

Era una silueta en la oscuridad y no le alcanzaba a ver la expresión.

—Vos sos lo más importante para mí, Claudia. Aunque a veces la tristeza me gane, vos sos lo único importante de verdad. ¿Lo sabés?

Seguí callada.

—Te prometo que voy a hacer mi mejor esfuerzo, que voy a pelear más duro y no voy a dejar que me vuelva a ganar.

Me salió una lágrima silenciosa. Yo estaba quieta y no creo que ella se diera cuenta.

—Esta tarde es el velorio de Rebeca —dijo mi mamá al desayuno—. Tu papá y yo creemos que sería bueno que vinieras con nosotros.

Lo miré y él sonrió.

—¿Te gustaría? —dijo ella.

—Pues claro.

—Anoche hablé con Mariú y me contó que van a estar las niñas. Yo sé que tenías ganas de conocerlas.

Me bañé despacio. Me lavé el pelo con champú y acondicionador. Me enjaboné el ombligo, detrás de las orejas, los pliegues de las piernas y los brazos. Me puse los pantalones azules de fiesta, mi camisa blanca de botones y los Adidas peludos de rayas amarillas. Me alisé el capul con el secador de mi mamá y me enganché un moño del mismo color de los pantalones. Saqué mi brillo de Fresita, que tenía olvidado hacía meses en el cajón de la mesa de noche. Al abrirlo, el olor se esparció por el cuarto, y me lo unté en los labios.

Mi papá iba de saco y corbata. Mi mamá, bellísima, con el pelo suelto, los labios rojos y un vestido negro a la rodilla.

El velorio fue en la casa que Fernando Ceballos construyó para Rebeca cuando se casaron. Quedaba cerca del apartamento de mi tía Amelia, en una cuadra tranquila que por la ocasión tenía una larga fila de carros parqueados.

La casa era de dos pisos y techo plano, con columnas negras y, en la segunda planta, un muro curvo de baldosines naranjas. En el primer piso había una puerta de garaje y otra pequeña para la gente. La entrada principal era arriba. Subimos por una escalera tan tendida como una rampa. Timbramos y, en el acto, como si nos hubieran estado esperando, se abrió la puerta.

Un señor sonriente de la edad de mi papá nos dio la bienvenida. Era rubio, dorado por el sol, con arrugas y unos ojos azules que me hicieron pensar en la descripción que mi mamá hizo de los de Patrick: dos pepotas como piedras preciosas en el desierto. ¿Era él? Conmocionada, miré a mi mamá. Ella sonreía.

—Por favor, sigan —dijo el señor.

Con un gesto nos mostró la escalera, que bajaba en espiral a una sala amplia, donde estaba la gente. Al fondo había un ventanal que subía del piso de la primera planta hasta el cielorraso de la segunda, como el de la sala de nuestro apartamento. Daba al río, los árboles, el jardín. En el segundo piso, donde estábamos, se extendía un corredor a cada lado, con una serie de puertas cerradas.

El señor dijo que iba a comprar hielo porque en un velorio irlandés no podía faltar para el whisky, y salió cerrando la puerta.

—Ese es Michael —dijo mi mamá en voz baja—, el mayor.

Mi papá se arregló la corbata.


El primer piso estaba lleno de gente, adentro y afuera, en las salas, el comedor, el porche, junto a la piscina y por el jardín, que limitaba con el río y tenía rocas, samanes, pasto y plantas que parecían salvajes aunque no lo fueran. Había gente de todas las edades, dos meseros, varias empleadas en la cocina y un cura de sotana negra y fajín púrpura.

Me llamó la atención una vieja, tan blanca que la frente se le confundía con las canas. Tenía los ojos azules más transparentes que yo hubiera visto. Vestía de lino, de punta en blanco. Parecía de otro mundo. Más extraterrestre que extranjera, de un planeta lejano al que no llegaba la luz del sol. Estaba en la sala grande, en un sillón, al pie de un caminador de aluminio. No la dejaban sola ni un minuto. Después supe que era la mamá de Rebeca. El papá había muerto hacía años y ella era la única persona triste de la reunión.

Era fácil distinguir a los O'Brien de los invitados. Aunque unos eran más rubios, blancos y altos que otros, todos tenían la marca de la familia: en la estatura, los ojos, el color de la piel o los rasgos con ángulos como de escultura. Hablaban, bebían, reían, y ninguno regañaba a los niños que gritaban o corrían. Parecía más una fiesta que un velorio.

A Mariú, Liliana y las niñas, porque las había visto en las fotos, las reconocí enseguida. También a sus esposos, aunque ellos no me interesaban. Mariú estaba con un pantalón negro, una blusa blanca y el pelo suelto. Sonrió al ver a mi mamá. Se besaron, se abrazaron y mi mamá le habló con palabras amorosas.

Mariú, mirándome, le preguntó:

—¿Es Claudia?

—Es Claudia.

Se agachó para quedar de mi altura. Tenía los ojos grises con vetas oscuras y claras, y mientras me miraba, tan cerca y tan fijo, sentí que su belleza se derramaba sobre mí.

—Qué linda —dijo la más linda de todas.

Se irguió. Mi mamá le agradeció el falso cumplido y Mariú buscó alrededor.

—Las mías están por allá.

La mayor, de mi edad, conversaba, en actitud de persona grande, con unos adultos en la sala de mimbre del porche. Las otras dos, una suya y otra de Liliana, andaban agarradas del brazo, dando salticos por el jardín. Las tres tenían trenzas de riñón y vestidos blancos idénticos, con un bordado en el pecho, mangas bombachas y un moño atrás.

—Hermosas —dijo mi mamá admirada de verdad—. Esos vestidos son como de azúcar. —Me puso la mano en el hombro—: A esta, en cambio, no hay manera de convencerla para que se ponga algo distinto de pantalones. De milagro eligió unos elegantes, pero con tenis, mirá.

Mariú se fijó en mis Adidas peludos de rayas amarillas.

—Si pudiera, yo andaría de tenis siempre.

—Pues sí —dijo mi mamá.

Mariú me picó el ojo:

—Están espectaculares.

Liliana se acercó. Nos saludó amable y con distancia. Era más baja y rellena que la hermana, con hoyuelos a los lados de la boca. Mi papá, que se había quedado rezagado, nos alcanzó y Mariú y Liliana se giraron hacia él.


Identifiqué a otros dos señores que seguro eran hermanos de Rebeca. Estaban de saco y corbata, compuestos igual que el que nos abrió la puerta y de una edad similar, casi viejos, asoleados y con porte atlético. Me pregunté si alguno sería Patrick. Mi mamá no daba muestras de inquietud.

Ella, junto a mi papá, estaba narrándole a un grupo de gente cómo los campesinos encontraron el carro de Rebeca enterrado en la vegetación. Un mesero pasó ofreciendo whisky y ella se debatió. Al fin dijo que no. Mi papá sí agarró uno.

Entonces lo vi. Michael el mayor entró por una puerta lateral con dos bolsas de hielo y detrás, con unas botellas de whisky, él. Tenía que ser Patrick. Un O'Brien en ley. Alto y fuerte, aunque más joven que los otros y nada pulcro. No traía chaqueta ni corbata, llevaba la camisa con las mangas dobladas y el pelo como si nunca en la vida se hubiera pasado un cepillo.

Michael y Patrick se metieron en la cocina. Mi mamá no los vio. Los ojos del grupo estaban en ella, que contaba el momento en que el carro, jalado por la grúa, arrugado, roto, oxidado, pero aún verde, salió del precipicio.

Michael y Patrick volvieron a la sala. Mi mamá, tal vez por el movimiento de la puerta giratoria, miró hacia allá. Se aturdió, dejó suspendida la palabra y yo pude sentir, en mi corazón desatado, la conmoción del suyo. Una persona hizo una pregunta y mi mamá regresó al grupo y respondió como pudo.

Patrick, que no había visto a mi mamá, agarró un whisky de la bandeja de un mesero. Una mujer se le acercó. Era caderona, de piel oscura y pelo crespo sin domesticar. Andaba en chanclas, con un vestido de flores, un bebé cargado en un brazo y un niño pequeño de la mano. Le dijo algo, se rieron y Patrick tomó al bebé. Ella siguió con el otro niño de la mano hacia la escalera. Era su familia. Los niños, que más adelante supe que eran tres, con la piel oscura de la mamá y los ojos claros del papá.

Patrick, luego de un sorbo del whisky, paseó su mirada y encontró a mi mamá. De lejos, sin intención de acercarse, le sonrió. Ella también sonrió. Él bebió de su whisky y ella llenó el pecho de aire. Mi papá, callado, no se perdía detalle.

Al fondo había un estudio con la puerta abierta. El ataúd estaba sobre una mesa con mantel, entre dos ramos de rosas blancas. Yo nunca había visto uno en vivo y en directo, menos con un cadáver adentro.

Nadie me impidió acercarme.

El estudio parecía una floristería. El ataúd estaba sellado y era pequeño y blanco, una caja para bebé. Rebeca estaba allí dentro. Una mujer adulta en ese espacio mínimo. Solo los huesos. Los huesitos desbaratados, como dijo mi mamá. Los imaginé curtidos, rotos, con la parte de adentro visible, oscura, maloliente, y en un extremo, encima de los demás, el cráneo vacío, un cráneo sin gloria como el de cualquier muerto.

En la pared de atrás había una biblioteca y en el centro una foto grande en blanco y negro. El busto de una mujer que miraba hacia un lado, con una sonrisa traviesa. Rebeca O'Brien, sin duda. Tenía las cejas altas y el pelo en una moña baja. El vestido, lo que se veía de él, sin mangas y ceñido al cuerpo. Se parecía más a Mariú que a Liliana. Era Mariú, con la elegancia de la señora del sillón, los ojos de los hermanos y los hoyuelos de Liliana.

—Menos mal te encontraron —dije apenas moviendo los labios.


Un viejo canoso entró al estudio. Fernando Ceballos, lo reconocí enseguida. Era fuerte y saludable. Se paró a mi lado y me miró desde arriba, antipático, como si preguntara ¿y esta quién es? Detrás de él venían el cura del fajín púrpura, la señora con el caminador, Mariú, Liliana, los hermanos de Rebeca, los sobrinos, el resto de la familia y los invitados. Aproveché el tumulto para escabullirme.

En la ceremonia hablaron el cura, Fernando, Michael y los otros hermanos. La señora del caminador lloró y Mariú y Liliana también se quebraron. Entonces Patrick contó un chiste y todo el mundo se rio. No recuerdo los discursos, únicamente dos frases de Mariú.

—Gracias por volver, mamá. —Miró a la mía—. Y gracias, Claudia, por traérnosla.


Las niñas se fueron para el jardín y salí detrás. Caminé dando vueltas amplias alrededor de ellas y otros niños, una docena o más, mirándolos desde la distancia mientras discutían las reglas de un juego.

—¿Querés jugar con nosotros?

—¿A qué?

—Al escondite.

—Vale.

—¿Cómo te llamás?

—Claudia. ¿Vos?

—Rebeca.

Era la hija mayor de Mariú, con las trenzas riñones y el vestido de azúcar. En las cejas y las patillas tenía una pelusita dorada como si al nacer la hubiera cubierto una luz.

—Ella se llama Claudia —le dijo al grupo—. Va a jugar con nosotros, y ya dije que no se vale esconderse en el piso de arriba. ¿Quién va a contar?

—La nueva —dijo un niño flaco de piernas largas.

—Ahora, por bobo, te toca contar a vos —me defendió Rebeca—. ¿No ves que ella no conoce la casa?

El niño protestó. Tenía los ojos verde oliva y la marca de familia, con la piel café y el pelo crespo. El hijo mayor de Patrick, seguro. Divino, si no fuera tan bobo. Nadie lo apoyó y le tocó ir al muro a contar.


Me escondí en la sala grande, detrás de un mueble. Mientras estaba allí, vi a mi mamá en medio de la otra sala. Conversaba con unas señoras que sostenían, cada una, un café en la mano. Ella estaba tomando whisky.

El hijo de Patrick se acercaba de puntillas. Frío, tibio, caliente, hirviendo y ¡me pilló! Salí corriendo, pero él de verdad tenía las piernas largas.

—Por Claudia —puso la mano en el muro.

No tuve que contar en la siguiente ronda porque el último niño, uno grande, salvó la patria y al hijo de Patrick le tocó repetir. Se me ocurrió esconderme en el jardín, detrás de unas matas grandes de flores rojas. El espacio era pequeño y Rebeca estaba allí. Iba a retirarme, pero ella me hizo una seña para que entrara y me abrió lugar.

—Me encantan tus pantalones —dijo en susurros.

—Gracias —susurré yo también.

El hijo de Patrick había terminado de contar y estaba buscando.

—Ojalá me dejaran ponerme.

—¿No te dejan poner pantalones?

—Nada más para ir a la finca y estar en la casa.

—¿No te gustan los vestidos?

—No tanto.

—A mí tampoco. Aunque el tuyo está muy bonito.

—Gracias.

—Las trenzas también.

—Gracias.

—¿Te hacen doler la cabeza?

—Horrible. Mi mamá me jala durísimo. A veces se me salen las lágrimas.

La miré con lástima.

—¿A vos no te peinan? —me preguntó.

—No. Mi mamá, máximo, me hace poner un moño —dije mostrando el que llevaba—. Este me lo puse sin que ella me dijera porque quería estar elegante. Nunca había estado en un velorio.

—Yo tampoco.

—Y eso que se me ha muerto un mundo de gente.

—¿En serio?

—Mis cuatro abuelos y una tía de mi papá, antes de que yo naciera. Hace poquito se mató una prima de mi mamá, que era como su hermana.

—¿Y no fuiste al velorio?

—No me quisieron llevar.

Estábamos muy juntas, hablándonos a la cara, sus ojos azules sobre los míos.

—Tus dientes son muy bonitos —dijo.

Las dos los teníamos nuevos. Pero, mientras los míos eran una fila recta, los de ella, grandes como paletas, estaban torcidos, con los colmillos filosos y montados sobre los otros.

—Gracias.

—A mí, cuando esté más grande, me van a poner frenillos.

—Seguro.

—Dizque duele horrible, peor que las trenzas.

—A veces me pongo unos que hago con papel aluminio.

—Yo también.

Me contó que en los velorios irlandeses no se dormía, que esa noche ella trataría de pasar derecho con los adultos, que al día siguiente llevarían a su abuela al cementerio, a un osario, que era un casillero para los huesos.

—¿Has visto uno?

—Nunca.

—Yo tampoco.

—No he ido a un cementerio.

—Qué susto.

—Sí, qué susto.

—Yo me llamo como mi abuela muerta.

—Yo como mi mamá, que no se ha muerto.

—Menos mal.

Estábamos tan metidas en la conversación que no nos dimos cuenta de que el hijo de Patrick nos había encontrado.

—¡Por Rebeca y por Claudia!

—Ay, juepucha —dijo ella, y nos carcajeamos.


Rebeca y yo íbamos caminando hacia el muro cuando mi papá, salido no supe de dónde, me agarró del brazo.

—Nos vamos.

Aún no era de noche.

—Acabamos de empezar a jugar.

—Un ratico más —me apoyó Rebeca.

—Por faaa.

—Ya es hora, Claudia.

—¿Dijo mi mamá?

Ella era la que tomaba esas decisiones.

La busqué entre la gente. Afuera y adentro, sentada y de pie, en las salas y los comedores. La vieja del caminador seguía en el sillón. Fernando Ceballos, en la puerta de la cocina, le decía algo a Mariú. La esposa de Patrick andaba detrás del bebé, que caminaba igualito que un borracho. Liliana conversaba con una pareja en la sala de mimbre del porche. En el comedor al lado, unos jóvenes jugaban a las cartas.

Volví a mi papá. Él dirigió la mirada hacia el ventanal largo que llegaba hasta el cielorraso. Entonces la vi. Alejada de los corrillos con Patrick, los dos con un whisky en la mano.

—Me tengo que ir —le dije a Rebeca.


—Impresionante la casa, ¿cierto?

La pregunta la hizo mi mamá en el carro. Mi papá, que iba al volante, no respondió.

—Mucho —dije yo.

—Antes, el jardín no tenía esas matas grandes ni la piscina.

Mi papá, nada.

—También se me hizo más chiquita, la casa. Es inmensa, claro. Pero en esa época la vi del tamaño de un convento.

Entonces mi papá habló:

—Así estarías de idiotizada.

—¿Perdón?

Yo estaba tan desconcertada como ella.

—No tuviste ojos sino para él y no te enteraste de nada.

—¿De qué estás hablando, Jorge?

Rígido, igual que una cauchera, giró la cabeza hacia ella para mirarla con rabia.

—Nunca fui con él —se defendió mi mamá—. Estoy hablando de una vez, cuando niña, que me invitaron a un cumpleaños de Mariú.

Él regresó al frente, con su monstruo despierto.

—¿Estás bravo?

No respondió.

—Vive en Puerto Rico. Se va pasado mañana. Está felizmente casado. Tiene tres hijos. La esposa y los niños estaban allí. Vos y Claudia también…

Mi papá siguió mudo. El monstruo, lo sentí en su respiración agitada, asomándose.


Esa noche el sueño no me agarró con fuerza ni logró hundirme en las profundidades, donde todo es blando y uno se pierde del mundo, sino que me dejó en un limbo, que era como dormir despierta, atrapada en el espacio diminuto entre los párpados cerrados y los ojos.

Vi a Rebeca la niña, luchando para no dormirse en el velorio. Vi al viruñas, en medio de la gente, encorvado y resbaloso, moviéndose como yo en el espejo de la finca. Rebeca cabeceaba y él se le acercaba. Nadie lo veía porque estaba en el otro lado de la casa. Tenía una cabezota, la nariz de breva y el cuerpo raquítico como yo en la bola del árbol de Navidad de Zas. Rebeca cerró los ojos, no pudo abrirlos más, y entendí que el viruñas no era yo sino el monstruo de mi papá. Empezó a trenzar a Rebeca y la hizo llorar. Si ella tenía los ojos cerrados no era porque estuviera dormida sino muerta y ya no era Rebeca la niña. Era la adulta, su abuela desaparecida, sepultada por la selva del piso de abajo entre las hojas caídas, que eran mis muertos, tan pequeña que cabía en una caja blanca de bebé. El monstruo de mi papá, cuando terminó de trenzarla, se adelgazó para meterse por una rendija de entre sus dientes torcidos, y ella ya no era Rebeca la desaparecida sino la mamá niña de mi papá, contenta de tenerlo otra vez dentro, en su barriga.

De pronto me encontré en la finca. Era de noche. Estaba frente al espejo del corredor y en el reflejo era yo, morena y chiquita, en camisón blanco, con Paulina en los brazos. Las dos teníamos las trenzas riñón de las niñas y la cabeza nos dolía. Una neblina pasó por el frente, nos cubrió y, cuando se deshizo, estábamos en el borde del precipicio. El abismo nos llamaba, nos jalaba. Yo le ofrecía a Paulina para apaciguarlo y él se la devoraba, pero no era suficiente y ahora me quería también a mí. Claudia, me llamaba. Claudiaaa, un aullido como el del viento cuando se encañonaba. Yo me resistía con todas mis fuerzas, tratando de que se rompiera el hilo que desde abajo, entre las hojas secas, todos mis muertos, tiraba de mí.

Entonces el abismo, como no lograba hacer que me lanzara ni podía devorarme, se me metía por los ojos, una cosa deliciosa y horrible, una bolita saltarina en la barriga y una náusea asquerosa y pestilente, hasta quedar bien sepultado dentro de mí.

La luz de sol. Abrí los ojos. Era de día y, lo mismo que aquella vez en la finca, fue como si no hubiera pasado nada de tiempo desde que había cerrado los ojos.


Era mi cumpleaños, el día de la Independencia. Lucila no estaba, mi mamá preparó el desayuno y nos sentamos a comer. Mi papá no la miraba.

—¿Quedaron ricos los huevos?

—Ajá.

—¿Te paso la sal?

—No.

—Estaba pensando si vamos al club.

—¿Y cómo entramos? —dijo él sin entonación.

—Le pedimos al esposo de Gloria Inés que nos firme en la entrada. Almorzamos allá y pasamos la tarde en la piscina. Podemos invitar a Amelia.

—¡Sí! —dije emocionada—. Invitemos a mi tía.

—Ella no va a querer.

—Bueno, entonces los tres.


En el club mi mamá estuvo todavía un rato intentando agradar a mi papá, pero él no reaccionó y entonces ella lo dejó y empezó a actuar igual que él. No lo miraba, no le hablaba y andaba como si el cuello se le hubiera paralizado y no pudiera girar la cabeza.

Por la noche, mientras comíamos, él la miró. Ella, nada, el cuello paralizado.

A la mañana siguiente, durante el desayuno, él le habló.

—¿Me pasás el azúcar?

Ella, sin mirarlo, arrastró la azucarera en su dirección.

—Gracias —dijo él sonriente.

Mi mamá siguió un rato en lo mismo, pero el monstruo estaba apaciguado, y al final del desayuno ya mis papás se hablaban y todo volvió a la normalidad.

De regalo de cumpleaños, mi tía Amelia me dio un bluyín con una camiseta. Mis papás, otras dos pintas. Cuando mi papá se fue para el supermercado al día siguiente, mi mamá y yo subimos a mi cuarto para que me midiera la ropa nueva.

—¿Te dieron nervios cuando viste a Patrick?

Aún no nos habíamos bañado y ella estaba sentada en mi cama, en piyama y con el pelo en desorden.

—Sí.

—Es lindo.

—¿Cierto?

—El hijo también, pero es más bobo.

—¿Bobo por qué?

No supe qué decir.

—¿No será más bien que te gustó?

—Nooo —me indigné.

Ella se rio.

—¿A vos todavía te gusta Patrick?

Ahora ella fue la que no supo qué responder.

—No debí tomar —dijo, y luego—: medite ese pantalón pues, tocaya.

Seguro tocó con los pies alguna cosa debajo de la cama, pues se dobló para ver y encontró el retrato, el que hice de ella en mi clase de arte. Lo sacó. El regalo sorpresa que quise darle en su cumpleaños, cuando estaba con la rinitis, y ni siquiera miró. Se lo quedó viendo con asombro.

—Es espectacular.

Era cuadrado. Un perfil con el fondo mostaza, como nuestro Renault 12, porque ese color le iba bien y me lo había pedido. En la foto de la que lo copié estaba con una camisa azul. En la pintura la hice vinotinto, igual que los labios. La nariz recta y triangular y el pelo suelto. Me esforcé por que este se viera real, no una mancha, sino una colección de hebras independientes de color chocolate.

—Cómo es que no lo hemos colgado, ¿ah?

Me encogí de hombros.

—Ay, Claudia, perdoname.

Se levantó. Lo midió en una pared de mi cuarto y le dije que iría mejor en el estudio, con los retratos familiares.

—Tenés razón.

Fuimos por el martillo y los clavos. Tras probarlo a un lado y al otro, decidimos dejarlo junto a la foto de mi nacimiento. Un cuadro de mi mamá al óleo, con mi trazo de niña y sin enmarcar.


Faltaban unos días para el regreso al colegio. Mi mamá y yo fuimos al centro comercial a comprar mis uniformes. El local era estrecho, con repisas metálicas colmadas de prendas, que apenas dejaban espacio para caminar. Detrás de nosotras llegaron María del Carmen y su mamá.

Mientras las señoras conversaban, María del Carmen y yo salimos al antejardín. Estaba despellejándose. Me contó de sus vacaciones en San Andrés y yo de las mías en la finca de una señora que desapareció. Abrió los ojos. Le conté que había aparecido, al fondo de un abismo, de los huesos, el velorio y el pequeño ataúd blanco. Los abrió más. Entonces nos dimos cuenta de que el muro del antejardín parecía un precipicio horrendo y lo recorrimos, haciendo equilibrio, para no caer.


—Me gustaría trabajar —dijo mi mamá esa noche mientras comíamos empanadas.

Mi papá y yo la miramos sorprendidos.

—La mamá de María del Carmen me dijo que en La Pinacoteca están contratando.

—¿Qué es eso? —pregunté.

—Un almacén de muebles.

—¿En qué trabajarías? —dijo mi papá.

—De vendedora. No quieren personas con experiencia sino amas de casa. La mamá de María del Carmen trabajó en estas vacaciones mientras María del Carmen iba a su clase de gimnasia olímpica.

Ella podía dar la voltereta hacia atrás tres veces seguidas.

—Yo quiero hacer gimnasia olímpica.

—Podría pedir que entre semana me den turnos por la mañana y voy cuando Claudia esté en el colegio. Los sábados vos te la llevás para el supermercado.

—¿Y no me meterían a gimnasia olímpica?

—No hace falta.

—Pero yo quiero.

—Podemos discutirlo en otro momento, Claudia. Ahora estamos hablando de mi trabajo.

Miramos a mi papá.

—No entiendo por qué querés trabajar.


Mi papá no entendió, pero no se opuso. Se terminaron las vacaciones, volví al colegio y mi mamá empezó a trabajar.

Se levantaba temprano, desayunaba en piyama con nosotros y luego subía al cuarto a escoger lo que se pondría. Yo, que ya estaba peinada y con el uniforme puesto, la ayudaba. Extendíamos las prendas sobre la cama, poníamos los tacones al lado, en el piso, y sacábamos los aderezos de la caja.

—Mejor el collar de lapislázuli —le decía yo.

O:

—Esos tacones no te salen para nada.

Lucila gritaba desde abajo que iba a llegar tarde al colegio. Entonces yo le daba un beso a mi mamá y bajaba corriendo.


La Pinacoteca quedaba en la avenida Octava. Una casa de dos pisos que había sido de familia, con las ventanas transformadas en vitrinas y costosas mercancías de ratán. Yo solo la había visto desde afuera y de pasada en el carro, pero era capaz de imaginar a mi mamá allí dentro, tan linda, con la ropa que habíamos elegido, que los clientes se quedaban embobados mirándola a ella en vez de a los muebles y los adornos que intentaba venderles.

Siempre llegaba a la casa antes que yo y la encontraba feliz, maquillada, con las pintas intactas, y llena de historias. No paraba de hablar. Me contaba de los clientes, algunos extranjeros que no hablaban español, de sus metidas de pata en inglés y con los descuentos, pues no manejaba bien los porcentajes ni la calculadora, de lo que conseguía vender y los precios exorbitantes de todas las cosas en ese almacén.

Por la noche, en la comida, repetía las historias para que mi papá las oyera y nos volvíamos a reír.


Un viernes, cuando llegué del colegio, no la encontré en el apartamento. Recorrí el piso de abajo y el de arriba, su cuarto, el mío, el estudio, el baño…

—Lucila, ¿dónde está mi mamá? —grité desde la baranda del corredor.

Ella salió de la cocina.

—Llamó a decir que hoy se demoraba un poquito.

Tenía en la mano mi plato del almuerzo ya servido.

—Venga a comer, niña Claudia.

Llevó el plato al comedor y se fue a la cocina. Yo bajé y me senté. El apartamento, aunque lleno de plantas, se sentía vacío y más grande. La selva ya estaba recuperada, las hojas tan verdes como si recién mi mamá les hubiera pasado el trapo. Entonces se oyó el tintineo de las llaves de mi mamá, la puerta que se abría, sus tacones. Me paré y fui corriendo hacia ella.

—Hola, mamá.

—Mirá —dijo sacando la cartera.

—Qué mundo de plata.

—No es tanta —se rio—, pero es mi primer sueldo.

Esa tarde me llevó a Sears. Primero estuvimos en la sección de juguetes y me gustó una muñeca que tenía un aire a Paulina. Después, en la sección de ropa y me gustó un overol de bluyín con camiseta roja. No logré decidirme y me compró las dos cosas.

Caminamos a Dari. Pagamos y salimos a las mesas, yo con mi helado en la mano. Nos sentamos. La muñeca tenía el pelo café rojizo, no tan abundante como el de Paulina, y los ojos azules aunque baratos, con los párpados fijos y las pestañas pintadas sobre la piel.

—Están muertos —dije.

—¿Quiénes?

—Los ojos, fijate.

Mi mamá tenía la mirada en Zas. Por la distancia, las luces y las sombras, no se alcanzaba a ver a través de la vitrina. En el andén había dos carros parqueados y, entre ellos, un árbol de hojas tembleques por la brisa. La puerta se abrió y salió un hombre. No llevaba bolsa de compras ni se alejó. Estaba aireándose. Era un vendedor. Vestía igual que Gonzalo, con la camisa de color claro y el pantalón negro apretado en las nalgas.

—Mamá, gracias por los regalos.

Giró la cabeza lentamente hacia mí.

—Me encantaron. —Le sonreí.


No pasó mucho tiempo hasta que mi mamá otra vez llegó tarde, vestida, maquillada, con los aderezos y el peinado a punto, pero sin el entusiasmo.

—Qué cansancio.

Yo estaba almorzando.

—¿Te tocó muy duro hoy?

Se dejó caer en la silla.

—Mirá la hora que es. Casi no logro salir. Me duelen los pies de estar parada.

Se quitó los tacones.

—Pobre.

—Fueron tres japoneses. No les entendía nada. Les mostré toda la mercancía. Me recorrí el almacén tres veces. De una punta a la otra, del primer piso al segundo. ¿Y qué compraron?

—¿Qué?

—El portarretratos más barato. Y la dueña me echó la culpa a mí. ¿Podés creer?


Al llegar del colegio, la encontraba con los pies en una vasija de agua caliente.

—Esa vieja es insoportable.

—¿Cuál vieja?

—La dueña.


Los tacones tirados en el piso y ella maldiciendo.

—¿Hoy también te fue mal?

—¡Pésimo!


Ahora siempre estaba de mal genio y era mejor no preguntarle nada, dejarla.

Yo almorzaba y ella se desvestía. Yo hacía las tareas y ella se bañaba. Yo veía *Plaza Sésamo* y ella bajaba con la ropa sucia de ese día para que Lucila se la lavara.

—A mano, ¿me oyó? No quiero que se me dañe esta blusa, Lucila, es muy fina.

Por la noche, durante la comida, se quejaba de la dueña, los clientes, los precios exorbitantes, lo que no vendía, su salario.

Fue un alivio que renunciara.

—Y la vieja esa furiosa.

—¿Qué te dijo?

—Empezó con un tonito de regaño y yo de una vez le canté la tabla.

—¿Qué le dijiste?

—Hasta de qué se iba a morir.


Cuando regresaba del colegio, la encontraba en la cama con una revista. Yo almorzaba y ella pasaba las páginas. Yo hacía las tareas y ella pasaba las páginas. Yo veía *Plaza Sésamo* y ella pasaba las páginas.


—Mamá —le dije un lunes—, necesito tu ayuda para una tarea de Sociales. Tenés que calcar un mapa de Colombia y pegarlo en mi cuaderno.

—¿No podés hacerlo vos?

—Puedo, pero la profesora nos dijo que le pidiéramos el favor a nuestras mamás.

Quitó los ojos de la revista para comprobar si era cierto.

—Te lo juro. Nos lo repitió mil veces.

—¿Que las mamás debían hacer la tarea?

—Sí, calcar el mapa del atlas y pegarlo en el cuaderno con mucho cuidado, para que quede derecho, en forma vertical en una sola página, en vez de horizontal en dos. Vamos a trabajar con él toda la semana.

—No entiendo.

—Vení al estudio y te muestro.

Tenía todas las cosas listas para ella sobre el escritorio: el papel de calco, el lápiz, el atlas abierto, mi cuaderno y el pegante.

—Tenés que calcar este mapa y pegarlo aquí.

Señalé la página derecha del cuaderno en sentido vertical.

—No así.

Indiqué las dos páginas en sentido horizontal.

—Es muy importante que quede en esta sola página.

Volví a mostrarle.

—Okey.

—¿Entendiste?

—Que sí, Claudia.

Se puso a calcar y yo a mirar su trazo. Me aburrí y prendí el televisor. Estaban dando *Plaza Sésamo*, que empezaba a parecerme un programa tonto. *Arriba, abajo, a través. Alrededor, alrededor... Arriba, abajo, a través...* Ay, por favor, una cosa de niños de kínder. Igual, cuando aparecieron Beto y Enrique en piyama, uno roncando y el otro observándolo, me quedé hipnotizada.

—Terminé —dijo mi mamá.

Medio me giré hacia ella.

—Gracias.

Y enseguida volví a la pantalla.

—¿Guardo el cuaderno en la maleta?

—Bueno.

El Conde Contar, en su castillo con murciélagos, seguía siendo mi favorito. *Cuento lentamente y también de prisa y sin cortapisa, cuento sin parar. Más de prisa, mucho más a prisa, solo hago pausa para respirar...*

No abrí el cuaderno sino hasta el día siguiente, cuando la profesora de Sociales nos lo ordenó. No podía ser. El mapa estaba bien calcado, pero pegado en horizontal y cubriendo las dos páginas. Justo lo contrario de lo pedido. Justo como la profesora nos advirtió que no debía hacerse.

Ella, flaca, mayor, con falda a la rodilla y el pelo abierto por la mitad como unas cortinas, nos fue llamando a su escritorio, en orden alfabético, para revisar la tarea. A cada niña le iba poniendo un chulo, se veía.

Llegó mi turno. Me levanté, caminé hacia ella y le entregué el cuaderno. Cerré los ojos para respirar. Cuando los abrí, tenía abierto mi cuaderno y se lo estaba mostrando a la clase.

—Justo lo contrario de lo pedido —dijo con su voz penetrante, que parecía salir de un equipo de sonido—. Justo como les advertí que no debía hacerse.

Bajó el cuaderno y me miró.

—¿Qué explicación tiene la señorita?

No dije nada.

—Que no siguió mis instrucciones. A quién se le ocurre pegar un mapa de esta manera. Mire esta cosa tan horrible. —Cerró el cuaderno con desdén—. Usted no le pidió ayuda a su mamá.

La miré sorprendida.

—¿Cierto que no?

Tenía los ojos cafés oscurísimos y la parte blanca más bien amarilla. Miré a la clase. Mis compañeras, en sus pupitres, esperaban una respuesta.

—Cierto —dije, porque preferí que pensaran que la bruta que había hecho esa cosa horrible era yo.

La profesora negó con la cabeza y me entregó el cuaderno.

—Tiene cero.

La vi anotarlo con rojo en la lista y volví a mi puesto.


En el recreo, María del Carmen y yo nos sentamos frente a frente con nuestras loncheras.

—¿Ahora cómo vas a recuperar ese cero?

El patio era una plancha de cemento, sin pasto ni plantas. Solo un mundo de niñas, todas iguales, con el uniforme de falda azul y camisa blanca, las medias a la rodilla, los zapatos negros, sentadas como nosotras o de pie, hablando, jugando, corriendo…

—No sé.

—¿Por qué no le pediste ayuda a tu mamá?

Estuve a punto de contarle la verdad. Que lo hice y le expliqué lo que debía hacer en detalle, que no entendió porque no quiso, porque a mi mamá nada le importaba, ni yo ni mis tareas, solo sus revistas y su cama, que se la pasaba todo el día acostada y sin hacer nada. Estuve a punto de soltarme a llorar. El llanto ya subía por mi garganta como una bola de pelos. Pero María del Carmen en realidad no estaba preguntando, sino regañando. Siguió hablando:

—Mi mamá dice que tu mamá es la más bonita y elegante de las mamás de la clase.

La bola de llanto, espesa y seca, se me quedó a mitad de camino y tuve que tragármela.

—¿En serio?

—Una señora perfecta.

Quise sonreír y me salió una mueca de huérfana como la de mi papá. No entiendo cómo María del Carmen no se dio cuenta y me sonrió, normal, de vuelta.


Lucila agarró mi lonchera.

—Niña Claudia.

Empezamos a caminar.

—Odio a mi mamá.

—No diga eso.

—Me hizo mal la tarea. La profesora se la mostró a todas mis compañeras y me puso cero.

Lucila no dijo nada.

—Le voy a cortar el pelo con unas tijeras.

—¿A quién?

—A mi mamá.

—No diga eso.

—La voy a empujar por las escaleras.

—Solo pensar esas cosas es pecado.

—Entonces le voy a decir la verdad: que es la peor mamá del mundo.

—Pobrecita, con lo delicada que está.

—¿Mi mamá está delicada?

—Hoy me tocó a mí regar las matas…

La miré. Ella siguió con la vista al frente y ya ninguna habló más.


Lucila abrió la puerta del apartamento. Tuve la impresión de que estaba más calmado que nunca, con las plantas inmóviles y los espacios tomados por el silencio. Ella entró en la cocina. Yo, con mi maleta en la espalda, sin esperar nada bueno, menos después de mis palabras, subí la escalera.

En el cuarto de mis papás no había luz. Di dos pasos y me asomé. Era una cueva allí adentro. Mi mamá respiraba despacio y estaba acurrucada en la cama, con la sábana encima, aunque hacía calor. Se veía pequeña, una anciana en las últimas, como si durante mis horas en el colegio se hubiera consumido y de su vida no quedara más que esa lenta respiración.

Desde el velorio de Rebeca ella no tomaba whisky. Tampoco antialérgicos. No andaba con la nariz roja, la voz gangosa ni cajas de clínex. Me giré hacia el corredor para examinar, a través del ventanal, el estado de los guayacanes. No estaban florecidos. Tampoco pelados. Habían reverdecido y en cada rama tenían brotes nuevos.

La escalera desnuda, a mis pies, con los tablones y los tubos de acero negro, se me hizo más abismal que el precipicio de la finca, más escarpada y terrible. La selva, abajo, abundante, con las plantas verdes y saludables. El viento de la tarde entró por las ventanas, la selva despertó de su quietud y en el apartamento, a pesar de mi mamá, se hizo una fiesta.

# Índice

El 21 de enero de 2021, en Madrid, un jurado presidido por el escritor Héctor Abad Faciolince, y compuesto por las también escritoras Ana Merino e Irene Vallejo, la directora internacional del Hay Festival, Cristina Fuentes La Roche, el periodista y escritor Xavi Ayén, el periodista y librero de Nollegiu, en Barcelona, Xavier Vidal, y la directora editorial de Alfaguara, Pilar Reyes (con voz pero sin voto), otorgó el **XXIV Premio Alfaguara de novela** a *Los abismos*.

## Acta del jurado

El jurado, después de una deliberación en la que tuvo que pronunciarse sobre siete novelas seleccionadas entre las dos mil cuatrocientas veintiocho presentadas, decidió otorgar por mayoría el **XXIV Premio Alfaguara de novela**, dotado con ciento setenta y cinco mil dólares, a la obra presentada bajo el seudónimo de **Claudia de Colombia**, cuyo título y autor, una vez abierta la plica, resultaron ser *Los abismos* de **Pilar Quintana**.

En primera instancia, el jurado quiere destacar la enorme cantidad de libros presentados y la gran calidad de todos los originales finalistas.

En cuanto a la novela ganadora, *Los abismos* se adentra en la oscuridad del mundo de los adultos a través del punto de vista de una niña que, desde la memoria de su vida familiar, intenta comprender la conflictiva relación entre sus padres. Con el telón de fondo de un mundo femenino de mujeres atadas a la rueda de una noria de la que no pueden o no saben escapar, la autora ha creado una historia poderosa narrada desde una aparente ingenuidad que contrasta con la atmósfera desdichada que rodea a la protagonista. Con una prosa sutil y luminosa en la que la naturaleza nos conecta con las posibilidades simbólicas de la literatura, y los abismos son tanto los reales como los de la intimidad.

# Pilar Quintana

(Cali, 1972) es autora de cinco novelas y un libro de cuentos.
En 2007 fue seleccionada por el Hay Festival entre los 39
escritores menores de 39 años más destacados de Latinoamérica.
Recibió en España el Premio de Novela La Mar de Letras
por *Coleccionistas de polvos raros*. Participó en el International
Writing Program de la Universidad de Iowa como escritora
residente y en el International Writers' Workshop de la
Universidad Bautista de Hong Kong como escritora visitante.
Con su novela *La perra*, traducida a quince lenguas, fue finalista
del Premio Nacional de Novela y del National Book Award y
ganó el Premio Biblioteca de Narrativa Colombiana y un PEN
Translates Award. Fue merecedora del Premio Alfaguara de
novela 2021 por *Los abismos*.